ちくま文庫

新版 いっぱしの女

氷室冴子

筑摩書房

目次

いっぱしの女

まえがきにかえて

人にはさまざまな〈忘れられないひとこと〉というのがあると思うのだけれど、ここ数年でいえば、私にとってのそれは、

「あなた、やっぱり処女なんでしょ」

というものだった。

それは私が三十になるか、ならないかのころのことで、私にそう尋ねたのは四十をひとつふたつ越した男性だった。

彼はとある活字媒体の記者というのか編集者というのか、ともあれそういう人で、当時、その圧倒的な部数ゆえに無視できなくなっていた〝少女小説〟だの、〝少女小説家〟だのの記事を書くために、私にインタビューにきたのだった。

彼が聞くのは年収だとか部数だとか、やたらと数字のことばかりで、税務署か興信所みたいな人だなと思っていたのだけれど、その最後のほうで、彼はそう尋ねたのだった。もっと正確にいうなら、

「やっぱり、ああいう小説は処女でなきゃ書けないんでしょ」

という言葉づかいで。そのときの彼の口調は、すこしもイヤらしくはなく、どちらかというと好意的だったような気がする。

そのとき私は目からウロコが落ちたというのか、それまでずっとギモンに思っていたことが瞬時にして解明できた気がした。

それまでにも、私はいわゆる少女小説関連で、数えきれないインタビューを受けたり、記事を書かれたりしていたのだけれど、いつもいつもピンとこなかった。

単純な話、私は初対面の人や年上の人と話すときは、必ずといっていいほどデスマス体で話すのだけれど、記事になってみると、それがなんというかキャピキャピの女の子語の会話体になっていたりする。

（興にのって、こんな話し方したのかなあ）

と思い返してみても、どうも覚えがない。会話体で記事を構成するのは自由だけれど、それは私にとっても好きな領分だから、見過ごせない違和感があったのだった。

そして内容はといえば、そのほとんどが質問されたときに、

（親兄弟、親友だって遠慮して、絶対に聞かないようなことを、どうして初対面の、他人に聞かれなきゃならないんだろう）

とムッとして、けれどノーコメントですという知恵もなにもないばっかりに、ぼそぼそ答えた部分が、メインになっていたりするのだった。

そのころ、私はインタビューも〈いただいたお仕事〉のように考えていて、きちんと答えなければいけないとマジメに考えていたので、ほんとにビックリすることが多かった。こういったことは自分に関するなにかを書かれたことのある人なら、大なり小なり覚えのあることなのかもしれないけれど、私はインタビュアー兼ライターという職業人を、自分とおなじような職種の人と思っていたから、どうして彼（もちろん彼女もたくさんいた）がそういうズレた文章を書くのか、同じ売文家として、つい引っかかってしまうのだった。いっては悪いけれど、

（アタマ悪いんじゃないか。ヒトのいうこと、ちゃんと聞いてたら、こんな文章になるはずないのに。把握力がないのかな）

と思う時期もあったのだった。不遜にも。

そういう数年間をすごしてきたから、その男性がいろいろインタビューしたあと、

ふと気を抜いた雑談のような形で、どちらかといえば年下の女の子をアヤすような優しい態度で、処女でなきゃ書けないんでしょと聞いたとき、

（あー、今までインタビューにきた人も、こういう発想だったのか。そうだったのかー）

と視界がひらけた感じだった。つまり、どうもヒトビトはある予断――〝少女小説〟という言葉からイメージするさまざまな予断をもって私に会いにきて、その予断を補強する部分だけを聞きとり、書いていたらしいのだ。

わかってみるとコロンブスの卵、むしろ、ありふれた話なのだろうけれど、それにしても、いくら童顔で小柄だとはいえ三十まぢかの女に、

「ああいう小説は……処女でなきゃ」

という発想そのものが、常識的に考えても新鮮だったために、いったい世間では三十女にどういうイメージを持っているんだろうと考えることがしばしばだった。

それまでは、新聞を読んで腹をたてたり、本を読んでぼんやり考えたり、映画をみて楽しかったりしても、それはどこまでも個人的なことだと割りきり、ストレートなかたちでは書いたことがなかったのだけれど、その一件があってから、いつか

機会があったら、原稿を書くときの、そのときどきのリアルタイムの雑感を書いてみたいなあと思うようになっていた。そうすることで自分がどういう〝三十女〟なのか、知ってみたい気持ちで。書いてみてわかったけれど、私はこういうことで怒り、こもごも考え、ぼーんやり回想し、喜んでいる女なのだった。

書いていて楽しかったし、こういう場所を与えてくださった『ちくま』編集部と、なんでも自由に、といってくださった羽田雅美さんに心から感謝いたします。

いっぱしの女の〝夢の家〟

バーブラとミドラー

最近もらった友人の手紙に、バーブラ・ストライサンドの『追憶』がどうのこうのと書いてあった。

私はよく、友人たちとこういったやりとりをする。そうたいして重要なことでもないんだけれど、でも、ちょっとしたニュアンスを伝えたいなあと思うときに、「ほら、あの映画で、主人公がいうでしょう。あんな感じ……」みたいな言い方をするわけだ。

昔は、おなじ映画をみていないとコミュニケーションが成り立たず、いっきにマニア（いまでいうオタクかな？）の世界に突入する恐れがあったけれども、今はビデオがある。

映画が仲間ウチだけの符牒になるのは、映画にとっても不幸なことだから、今みたいにレンタルビデオ屋が繁盛するのはめでたきことだと思う。友人が、

「ほら、あの映画の……」

といい、その友人に友情を感じているとき、すばやくビデオ屋に走ればよいのだから。

で今回、友人はちょっとした恋愛問題を抱えていて、それを控えめに私に伝えるために『追憶』の一シーンを引用したわけだった。女同士の友情は時として、知的でもある。ふむ。

「バーブラがロバート・レッドフォードと別れたあとで、彼に電話をしますね。〝親友はあなたしかいないの。恋人じゃなくていいから、友人としてあたしと話して……〟みたいな。あの感じです」

などという、ほとんど暗号みたいな文章にひかれて、私は友情と好奇心のために、いそいでレンタル屋に走った。

映画はたいそう素晴らしく、壊れた水道みたいに涙をふきこぼしてビデオをみ終わったあと、

「あれ。例のセリフ、例のシーンは、ドコにあったんだろう」

とぼんやりしてしまった。のめりこんでみすぎて、こまかなチェックができなか

ったのだった。女の友情もけっこう頼りない。

しかし、友人がだしてきた映画もまずかった。なんといってもバーブラ・ストライサンドだもの、迫力がちがう。

彼女がすごいのは、映画をみ終わったあと、

「バーブラはすごいねえ」

と吐息して、最初から最後までバーブラの存在感に圧倒されちゃうことである。役柄とスターが一体化してしまって、区別がつかない。こういう女優さんは、なぜか七十年代の女優さんに多い。バーブラやジェーン・フォンダや、いろいろと。

ジェーン・フォンダといえば、やっぱり『ジュリア』で、あの映画のおかげでリリアン・ヘルマンの本をいくつか読んだけれども、どの本も、語り手がすべてジェーン・フォンダに思えて困っちゃったものだった。ヘルマンの自伝的小説『メイビー』あたりで、ようやくジェーン・フォンダの呪縛から逃れられたほどで、存在感のある女優さんというのも善し悪しである。（『メイビー』は、映画『ジュリア』に端役ででていたメリル・ストリープが主役をとる感じの、よい小説だった。）

『追憶』を見ている最中も、ハリウッドのマッカーシー旋風――いわゆるハリウッ

ド・テンの描写のところで、ついつい『ジュリア』を思いだして、ヘルマンやハメット役の人が出てこないかとどきどきして身をのりだしてしまって、バカもいいところである。

それはともかく、『追憶』のバーブラお姐さんのすごいところは首尾一貫して信念を変えないところで、おみごとだった。

ユダヤ人という役柄設定や彼女の外貌のせいもあろうけれど、あれじゃ東部の名門出ふうの優男ロバート・レッドフォードも迫力負けするよなあという感じである。

これを封切り当時、血気盛んな十代のころに見ていたら、きっと違う感想をもったと思うのだけれど、今みると、R・レッドフォードの葛藤がすごくよくわかる。

バーブラの強烈な意志にまきこまれてゆく、よきアメリカ人の良心をもったインテリ男、その弱さと強さが、いかにも二枚目の容貌とともに魅力的に、説得力をもって描かれていた。

友人とセーリングしながら、青春を回顧しつつ、最高の年は？　と聞かれた彼が、

「一九四四、四五……いや、四六年……」

といいよどむ。

そのシーンを、カメラがすーっと引いて、輝くような美しい大海にたよりなく浮かぶ彼の小さなボートを俯瞰して映しだすあたり、ああ、青春とは、時代に対してなんと無力なものであろうかと感じ入る一方で、無力さを足場にしている男は強いなァと感心させられて、どっと涙がふきこぼれてくる。

バーブラも頑固だけれど、R・レッドフォードもかなりの頑固者で、頑固さにおいては、どっこいどっこいである。

才能をもった彼がハリウッドで妥協をくり返しながらもバーブラを拒絶し、やがてニューヨークで再会するまでの、彼の人生の底に流れるものはなんなのかしら。才能ある若き小説家から、ハリウッドライターに、そして撮影が一日で終わっちまうテレビ脚本家にという人生を、彼はバーブラを拒絶して選びとってきたわけだけれど、なにが、彼をそうさせたのかしら。ようするに氏素性、生活環境の違いかなあ。

Aでありたいというバーブラの意志のド根性人生と、Bでありたくないというロバートの選択の知的人生、その人生観の違いかしら。

というようなことをまじめに考えて、ふしぎとR・レッドフォードにも共感しちゃう『追憶』鑑賞となったのだけれど、バーブラに話をもどせば、なぜか彼女は男運がわるい印象がある。そういう役柄が多いせいで、彼女の罪ではないだろうけれど。

強烈な個性とゆるがぬ意志をもちながら、サクセスを手に入れるかわりに男を失ってしまうというパターン。

強い女は人生に勝つけれど恋において敗れる、恋を失うという犠牲なしには、思うままの人生を生きてゆけないという思いが、もしかして七十年代のお姉さんたちの実感だったのかもしれない。それはそれで、辛い時代だったんだなあと素直に思う。

いろいろと苦い思いもしたんだろうけれど、でもエンタテインメントにおいては、その〝失うものがある弱さ〟が、女のケナゲさ可愛さを滲ませる側面があるのも事実である。

バーブラにそういうケナゲさがあるから、彼女の迫力におそれと後ろめたさと息苦しさを感じる男の弱さが、危うい魅力をもって描出されるわけで、バーブラは男にとっては優しい女優さんである。

その最後の砦の〝ケナゲさ可愛さ〟を打ち破るのが、おなじシンガー・アクトレスのベット・ミドラーかもしれない。『ローズ』はまだみていないけれど、『殺したい女』『うるさい女たち』『ビッグ・ビジネス』なんかをたて続けにみてしまうと、こういう女性像をみるために、お金を払って映画館に人が集まる世の中というのは、そうとう楽しいぞという気になってくる。

コメディだから楽しくてあたりまえなんだけれど、ミドラーのすごさは失うものがないことで、これが徹底している。

男を失っても、それは最初から失うにふさわしい男だし、男を失うかわりに、ちゃんと女の友情を手に入れている。

その最たるものが『うるさい女たち』で、男に騙された女ふたりの凸凹コンビが、騙した男を追っかけるうちに友情がめばえてゆく過程は、女のダンディズムに溢れていて、最高に愉快で素敵である。映画に不案内だからよく知らないけれど、こういうのもロードムービーというのかしら。

ロードムービーは友情がなければ成立しないから、女のロードムービーも八十年代を待って、ようやく成立可能になったのかもしれない。めでたいことである。

こうなると、やがて『フォーエバー・フレンズ』になるのは当然かもしれないけれど、あれはちょっと好きじゃなくて、映画づくりとか俳優という職業はむつかしいもんだなとつくづく思う。

それでも、とことん男が用ナシなところは相変わらずで、親友と親友が残した子供との関係性のなかでドラマが推移しているところが、やっぱり〝時代〟なんだろうな。男の影がうすいというのか、ほとんど存在のカゲもないものね。男はドコいったのかしら。

などということをさまざま思いめぐらせて、みのり多い『追憶』の時をすごしたけれど、『追憶』の手紙をくれた友人が、どういう恋愛問題を抱えていたのかは、いまに至るも謎のままである。友情のため、深くは追及していない。

夢の家で暮らすために

私には、いつも夢想する〝夢の家〟がある。

それはたとえば、私が高校生のころ、通学路の途中にあった平屋の家であってもいい。その家は敷地が三〇〇坪くらいあって、校倉造りみたいな瀟洒な平屋の南側が、広い庭になっていた。

生け垣がぐるりと庭を囲み、ニセアカシアやライラックの木々がぎっしりと植わっていて、甘い匂いが辺りに漂い、綺麗な赤やオレンジ色のひなげしが咲き、茎の太い、もしや名のあるお方ではといいたくなるような鮮やかな黄色の薔薇がたくさん、咲いていた。

ベランダから庭に出るところに、バーベキュー用のレンガの囲いのようなものがあり、その向こうに、古びた木のブランコがゆらゆら揺れていた。それは子ども用ではなく、なぜか大人のためのブランコに見えた。

毎日、その家の前を通るたびに、私はなんということもなく、将来、こういう家に、気の合うともだちと住みたいなァと夢想していた。そうして、そのためにはともだちの誰かが莫大な遺産を相続するとか、誰かがすごいベストセラーを書いてイッパツ当てるとか、そんな、とほうもないことが起こらない限り、見込みがなさそうだなと現実に返って、しょんぼりするのだった。

気が合うという、ただそれだけのつながりの人々と、ひとつ屋根の下で暮らせたら素敵だというのは、そのころからの夢だった。

だから、たとえば、高校に入ったとたん登校拒否して、勤め先のレストランで知りあった地方の旧家のボンボンと十六歳で駈け落ち同然で結婚したものの、結婚してみたら相手がとてつもない酒乱で、酔うと生まれたばかりの赤ん坊を壁に投げつけようとするので赤ん坊づれで失踪し、実家に戻ると夫に捕まるので、離婚が成立するまで子どもを抱えたまま住む場所を転々としていた友人が、六年ごしに代理人をたてての離婚が成立して、ようやく子どもの手をひいて姿をあらわし、いろいろとしゃべりあううちに『ガープの世界』の話になって、

「あの小説は、わたしなの。わたしはああいう子どもの産み方したんだと思う。父

親はいらないの」

と彼女がいったとき、あの小説みたいな誕生の神話があれば、彼女は子どもとふたりだけで、雄々しく生きてゆけるのかもしれないと深く頷きながらも、

「あたしはさ、ガープの母親がベストセラー書いたあと、お屋敷を買うじゃない。そこに、いろんな人が出入りするでしょ。なにも求めず、与えずという感じ。ああいう生活がしたいな。そしたら、あんたも住みなさいよ」

なんて、うっとりいったりしたのだった。

まあ、そんなことはたぶん少女趣味なんだろうし、とても現実のことになるとは思えなかったけれど、それでも一時期、友人ふたりとひとつ屋根の下に暮らしたりはした。

それはわずか二年間のことで、そのうち、ひとりが結婚して抜け、やがて残るひとりにも恋人ができて、いつのまにかバラバラになってしまった。若いころの共同生活ではよくあることだ。

でも、あのころはほんとうに幸福だった。よく、幸福は過ぎてから追憶するというけれど、あの頃は、毎日毎日、

（ああ、今が天国だな。この先も、こんな居心地のいい場所があるとは思えない。いつまでもこうしていたいな）

と思いながら暮らしていた。私たちは自由で、義務や責任もなく、いくつかのルールがあるだけだった。瑕ひとつない幸福感というものがあるとすれば、あの頃がそうだった。

その後、私はずっとひとり暮らしで、ひとり暮らしとは関係なく辛いことがあったり、悔しくて眠れない夜があったりして、二十代の坂をころころ転がっちゃったのだけれど、三十になったころ、私の十一回目の引っ越しを手伝うために、かつて共同生活をしていたともだち——最後まで一緒に暮らしていた彼女がやってきた。

彼女はそのころ、結婚生活にいろんな辛いことが生じていたようだった。朝、荷物を片づけて、夜、ふたりでベッドに入ると、とめどなくグチをいいだして、いいだすと眠りにつくまで止まらない。

次から次へとくりだす言葉には毒があり、しだいに悪意と憎悪がひたひたと寝室に満ちてくるようで、なんだかたまらない気持ちになってしまって、とうとう三日目の夜、

「もう、やめて。あんたはとても優しい人だったのに、今は鬼みたいな顔してる。あたしは人を許すことができないのに、あんたはいつも人をたやすく許せて、寛大で、それが好きだったのに」

と遮って、そのまま泣きだしてしまった。私はほんとうに、彼女のそういった美質が羨ましくて、そのために彼女を深く愛していたともいえるのだ。とても大事なことだ、寛大さというのは。

彼女はしばらくの沈黙のあと、それは貴女の買いかぶりだといった。貴女が買いかぶっていたことは、他にもたくさんあると。

「違う。買いかぶりじゃない。あんたはいい人だったわよ。だから、ずっと一緒に暮らしたいと思ってたのに、恋人つくっちゃって。友情より恋愛が大事なのはわかるけど、ショックだったわよ。そいつが家に夜這いしてくるから、あたしは家を出たのよ。夜、階下から猫みたいな唸り声が聞こえてくるし、これはもう、遠慮しなきゃならないなと思ったのよ」

私はムキになって、何年もの間、ずっと胸に秘めていた恨みつらみをぶちまけた。すると彼女はまた、しばらく考えてから、あの頃、貴女が一緒にごはんを食べてくれたら、恋人はつくらなかったはずだといいだして、自分でもおかしいのか笑いだした。

「ごはん？」

と私は呆気にとられてしまった。それは思いもよらないセリフだったのだ。ごはんだなんて。

確かにあのころ、私たちはひとつ屋根の下に暮らしながら、食事を一緒にしたこともなかった。それぞれが自分の財力にみあった食事の用意をして、ひとりで食べていた。

なぜなら、私たちの経済状態は、それこそアメリカとイラクの軍事力ほどにも差があって、そこで平等原理を貫くには無理があった。一緒に食卓を囲むたびに、彼女に経済的な負担をかけてしまう。それでは対等な関係が保てないし、なにより、そんなことは重要なことではないと思っていた。だって、ごはんだよ。

「あたしたちが一緒にごはん食べてたら、恋人つくらなかったっていうの？　なあに、恋愛してたんじゃないの？」

「うん、あれは恋愛じゃなかった」

と彼女は確信をもって頷いて、

「わたしはそれほど孤独に強くなかったのよ。すこしずつ淋しくなって、気がついたら、身動きできないほど淋しかった。あなたは、そこも買いかぶってたね。わたしはあの頃、すごく淋しかった。よく、ひとりでオルゴール聴いてた。一緒に聴いてっていいたかったけど」

そういったきり、もうグチをいうのも疲れたような、憑き物が落ちたようなぼんやりした顔で、黙りこんでしまった。

よく、あの一言で私の人生観が変わった、みたいな言い方があって、そんなに簡単に、はっきりしたひとつの事件や一言で、コロコロ変わるような人生観はろくなもんじゃないと思っていたけれど、このときばかりは、私の人生観も変わってしまった。つまり、夢の家で血のつながらない他人と暮らすには、最低、食事をともにするくらいの時間と空間の共有が必要なんだというふうに。オルゴールに、ともに耳をかたむける一分間が必要なんだというふうに。

私は彼女がおなじ家のどこかにいるだけで安心できて、私は独りではないと思えて、だから好き勝手に暮らせたのだけれど、それだけでは夢の家は維持できないのだ。彼女にも、自分は独りではないと実感してもらうためのさまざまな努力が必要だったのだ。

もしかしたら、それは世間では男の役割なのかもしれない。でも、この先、私と一緒に夢の家に住むのが男か女かわからない以上、男の役割も女の役割もあったものではない。ともかく、愛し方を覚えなければ。愛され方だけをとぎすませてゆくのではなくて。

私はいまでも、夢の家を夢想する。いつか、そこでともに暮らす人々に出会うだろうと思いながら、のんきに生きている。男であれ女であれ、私はいつか、そんな人々に出会うだろう。そんな人々にだけわかるサインを出しながら、街を歩いている。

そうして、ひとつ家で暮らし始めてからは、なるたけ、ひとりでごはんを食べさせたりはしない。ひとりで淋しくオルゴールを聴かせたりしない。彼や彼女や彼らが淋しいときは、ひっそりと寄りそいながら、一緒にオルゴールに耳を傾けるだろう。何時間でもくりかえし。相手が安らかに眠りつくまで。

詠嘆なんか大嫌い

空港に彼女の変わらない姿を見たとき、私はとても嬉しかった。彼女とは長いつき合いで、最後にあったのは五年ほど前だった。うんと年上の友人で、彼女はながいこと私のあこがれだった。正しいことが好きで、でも頑固ではなく、優しくて思慮ぶかく、結婚してからも誠実に自分の仕事を愛していて、夫や子どもにも愛情ぶかかった。

もちろん、いくつかの欠点はあっただろう。たとえば自分からは火中の栗は拾わないタイプだとか、ちょっと優等生すぎるとか。

でも、それは重要なことではなかった。ようするに、私は彼女を愛していた。だから彼女があいかわらず綺麗で、あいかわらずグラマーで、あいかわらず、よく訓練されたアナウンサーのような声で、

「ひさしぶりー」

といい、私が空港は人が多いから疲れたでしょうといい、彼女がちょっと顔をしかめて、ほんとうに……としゃべりだしたときも、ただ懐かしさだけがあった。

「平日だけど、こういう機会に息抜きしないと、ね」

といいながら、彼女はしきりと空港内の人の多さや、機内での女たちの化粧や香水の罪ぶかい悪臭について、ひかえめに批判し続けた。それはどれも正しいことだったので、私は笑いながら音楽のように聞いていた。

車に乗ってからも、彼女はいろんなことをほとんど前置きもなしに、ひかえ目に話しつづけた。会社のこと、夫のこと、子どものことを。

彼女はけっして私のように激することのない人で、すこし低めの美しいアルトで、会社から夫の話にうつる、そのうつり方になんの必然もなく、つまり流れるように話しつづけた。

彼女が私のいうことに反応したのは、一度きりだった。

それは、子どものことで、男の子が自分の好きなことにばかり熱中して、集団生活に適性がないんじゃないかと困っている、私はそれでもいいと思うのだけれど、父親はそう思っていないらしくて、叱ってばかりいる……という話になったときで、

私は彼女を愛しているがゆえに、彼女の夫にはとても辛辣だったから、

「そんなの、ヘン。好きなことに熱中できる仕事はたくさんあるわ。昆虫学者でも、考古学の遺跡発掘のバイトでも。あの子が肯定してもらえる場所は、かならずあるんだから。学校でともだちを苛めるとか、そういう性格なら問題あるけど、好きなことやって、ナニが悪いもんか。あの子は優しい、いい子よ」

とムッとしていうと、

「そう思う? そう。そうよね」

と彼女は自分にいいきかせるように頷き、そうして話題はまた、どうという理由もなく彼女の会社の話にうつっていった。

車をおりるとき、彼女はタクシードライバーに、

「まあ、ずっとしゃべりずくめでうるさかったでしょう。ごめんなさいね」

と申しわけなさそうにいって車を降りた。

それはとても礼儀正しい大人の女の態度で、さっさと車を乗り捨てるように降りてしまった私より、よほど優雅で、思いやりのあることだった。

けれど私はそのとき、ふと、ある男友達のことを思いだした。

ずっと昔、私がいろんなことで世間となじめず、なじめないことで世間から攻撃されるのを無意識のうちに恐れていたとき、つまり世間から爪はじきされるのを恐れ、なんとか共同体のひとりにしてもらいたいと卑屈なほど願っていたとき——一緒に旅行していた彼は、ふいに苛立ったようにいったのだった。

「きみ、どうしてそう、誰に対しても、すいませんすいませんていってるのさ。礼儀正しいとかいうのを通りこして、耳ざわりだよ。ぼくが荷物もっても、無意識のうちに、あ、ごめんなさいっていってるね。もう十回はいった」

そういわれて初めて、私は自分がどれほど言い訳をしながら暮らしていたか、言い訳のいらない関係をもちたいと願っていた彼を傷つけていたかに気がついたのだった。

でも、それはどこまでも私の個人的な経験で、それだけのことだった。私たちは楽しい夕食をとった。

食事の間じゅう、彼女はしきりと元上司のことを話した。

直属の上司でいたとき、彼は傲慢で頑固で、いやなヤツだと思っていたけれど、

「でも、今から思うと、潔い人だったわ。おべんちゃらをいわないし、部下をヘン

におだてたりしないけど、ちゃんと見るとこは見ていて。でも、ああいう人は会社組織では認められないのよねえ」

そうして、次にきた直属の上司は、どうやらそういうタイプではないことが私にも察せられるのだけれど、だからといって、それがどうというのでもないらしいのだった。

私は相槌のうちようもなく、なぜだか居心地の悪い思いをし、もぞもぞしながら、思いきっていった。

「それはつまり、あなたは彼に共感していて、そういう人を認めない組織とか、社会とかには自分も受け入れられないだろうと感じていて、ちょっと絶望してるの？そういうこと？」

「え？」

彼女はちょっと驚いたように目をあげて、困ったなあというようにくすっと笑い、「あいかわらずねえ、あなたは。ただ、そういう上司だったってことよ。それだけ」

といった。

もちろん、それはそうなのだ。それはよくわかっていた。ただ、私が聞きたいのはこういうことだったのだ。

久しぶりに会った私たちの再会には、おたがいの幸福な記憶や、いつか実現するかもしれない楽しい旅行の予定や、バカ話やお酒や、なつかしのGSナンバーを聞かせる大人のための素敵なクラブや、そこでの男の品さだめや——ばかばかしくくだらない、でも楽しい、少なくとも楽しくしようとふたりで努力する限られた時間、それが記憶に残って、また何年も私たちを幸福にするためのなにかがあるはずではなかったの、と。

あなたが夫にもいえずに胸底にためていた詠嘆を聞くためにだけ、私が今ここにいるのなら、あなたに共感するほかのどんな役割も求められていないのなら、私はとても淋しい、と。

そうして、その淋しさはまた、何年かまえの友人を思いださせた。

彼女は学生時代の友人で、私のように反抗的でガサツな学生とは違って、優しい人だった。ひとりで奈良や京都の寺めぐりをして、そのときの写真を見せてくれたり、思い出話を楽しそうにしてくれて、私は彼女のそんな話を聞くのが好きだった。

私が多摩川の近くにひっこして、その住所を手紙で知らせたとき、〈多摩川に曝《さら》す手作り　さらさらに〉の万葉歌をひいて、いいところに住んでいるのね、きっと近くには遺跡があるでしょうと書いてきてくれた彼女と、その半年後に旅先で再会したとき、彼女はほとんど一晩中、寝もやらず、夫やその親族の話ばかりをして、それがなにかあまりにも辛かったので、

「ダンナさんて、あの学生時代の彼でしょう。ちゃんと話しあってみたら?」

と思わずいってしまったのだけれど、彼女は、学生時代とは違うから……と呟いて、また語りだし、それはもう、私にどんな種類の相槌も打たせない完結した詠嘆でしめ括られていた。つまり、世の中って、夫婦ってそういうものなのよねえ、という。

そうして別れて家に戻ってきたとき、彼女から茨木のり子さんの詩集が送られてきて、

「このなかの〈花ゲリラ〉という詩を読むと、いつも、あなたを思いだします」

と書かれてあって、その詩を読んで私は泣いたけれども、それでも私の淋しさは消えなかった。この詩はそんなふうに読まれるために書かれたのではない、詠嘆の

あとに読まれる詩ではなく、詠嘆しないための意志のむこうに読まれるはずの詩なのに、と。

年上の彼女は三日後に帰っていった。彼女は最後まで語りつづけていた。夫や子どもや会社のことを。彼女自身や私たちのことをではなく。私はとても淋しかった。でも、私は絶対に自分にいい聞かせたりしない。女友達の再会がすべて、こういうものなのだとは。

とてもすばらしかった旅行について

何年か前、ある海外旅行のツアーに一人で参加したことがある。それは遺跡をめぐる地味なツアーで、そのせいか参加者十二人のうち、三十すぎの私が一番、若かった。

男性は四人。定年退職した六十すぎの男性と、彼の友人。現役サラリーマンでカメラが趣味の五十前後の男性。不動産関係の、小柄な六十すぎの男性。ご夫婦が二組。ちょっとヘンクツな元大学教授ふうのご老人と、その妻。五十すぎの、みためが中学の校長ふう男性と、その妻。独身女性が四人。公務員で、海外旅行歴十数回の四十なかばの女性。絵画教室をひらいている六十すぎの画家。元公務員で、いまは老人ホームでひとり暮らしの六十なかばのご婦人。そして、自称・出版関係の仕事をしている私。

ツアー旅行ははじめてだったけれど、ホテルはひとり部屋がとれたし、ツアー旅行に慣れた人ばかりで、いいメンバーだった。〈五十すぎの、みためが中学の校長ふう男性〉の妻をのぞいては。

夕食どきにジーパンをぬいでドレス姿で食堂にいくと、彼女はすかさず、

「んまー、ちゃっかり化粧しちゃって。化粧バエしないコねえ。二十五くらいかと思ったら、けっこうシワあるのね、あなた」

とスルドくチェックを入れ、それぞれの食事のミネラルウォーターは自分払いだと知るやいなや、

「んまー、みなさん、水にお金がいるなんて、そんなの、おかしいと思いません⁉ 東京に帰ったら、旅行会社に抗議しなきゃ」

と得意げに叫び、食事をひと口たべるやいなや、

「まずい。現地の××は、こんなドロみたいの、ほんとに食べてるの。やっぱり未開地で貧乏だと、こんなもんでも食べれるのね」

差別語を当然のように口にして、それだけならまだしも、最悪なことに他人に同意を求めてくる彼女には、お手上げだった。

こういう場合、男性軍は逃げ足がはやい。ご婦人が口をひらきかけると、男同士の会話をはじめ、そうなると私をふくめた四人の単独参加の女性軍がエジキになってしまう。〈元大学教授ふう老人〉の妻は、最初から最後まで、ご夫君を相手にしていればよかったので、ンマーおばさんのンマー攻撃から逃れていた。

私はそのときくらい、結婚したいと思ったことはなかった。〈元大学教授ふう老人〉の奥さんのように、夫をかくれミノにすることで、ンマーおばさんの撒きちらす毒から逃れられるのなら、それだけで夫は存在する価値がある、とさえ思ったほどだった。

ンマーおばさんが私を傷つけるのは、彼女に悪意というものがなく、つまり日常的に、いろんな局面で、こういう醜悪な言葉でものごとを語っているのだろうと容易に想像できるからだった。

彼女のとなりで、困ったように苦笑しながらも、決して、

「おまえ、よしなさい」

とは止めないご夫君ともども、最悪の人たちだ、と私は思った。

さらにまた、私を二重に傷つけたのは、ンマーおばさんの無意識の独身女性への

侮りだった。彼女は決して、男性軍に失礼なことはいわず、〈元大学教授ふう老人〉の妻にも、強引に話しかけなかった。

　高飛車なものいいをし、相手の気持ちを無視して、ほとんど暴力的に話し相手になることを強要してくるのは、もっぱら独身女性軍へであり、とりわけ最年少の私と、もっとも高齢でひ弱そうな老人ホームぐらしの老婦人が、いたくお気に入りだった。

　そんな彼女の、無意識の選別基準——年少者か、あるいは老人なら御しやすいというヨミの、絶望的なほど俗悪で、感嘆するほど効果的なことに、私は怒りを押さえられないでいた。

　何日目だったか、とある遺跡のレストハウスでの昼食のあと、ンマーおばさんは、私と不動産屋の男性が買った帽子について、いろいろと感想を述べはじめた。不動産屋の男性がえらんだ帽子を趣味がいいと褒めちぎったあと、私の帽子について、

「あなたね、これ、もう×××よ。これ、おなじ値段だったの。んまー、あなた、バカみたいね。×××××みたいじゃない。あなた、こんなもの選ぶようなセンスだから、結婚できないのよ」

とまたも差別語を連発し、添乗員はいつ私が怒りだすかと怯えるようにチラチラ見つめ、さすがの男性軍もハハハとわらいつつ顔色が変わってゆき、けれど、ンマーおばさんだけは笑いをとっていると思いこんで、いい続ける。私はとうとう大声で笑いだした。

私は狂気のマクベス夫人のように、背をのけぞらせて哄笑した。

「おばさま、そういうことは、たとえ心の中で思っていても、口に出したら、相手を不愉快にさせるから、いってはいけませんよって、ご両親に躾けていただかなかったの？　あたし、息子さんのお嫁さんに同情しちゃうわ。逃げ出さないで同居してるなんて、お嫁さんはデキた人よ。おばさま、感謝なさらなきゃいけないわ」

私はンマーおばさんの肩を抱いて、ポンポンと叩いた。

ンマーおばさんはそういった反応をされたことがないのか、気の毒なほど呆気にとられ、男性軍もまた呆気にとられながらも吹きだし、男性軍が吹きだしたことでメンツを傷つけられたと思ったのか、ようやくンマーおばさんのご夫君が顔色を変えた。

ンマーおばさんは自分の敗北が信じられなくて茫然としていた。

「んまー、あなたみたいな小娘が、年上の人に向かって……」

「おばさま、私、学校を出てから十年間、とりあえず、ひとりで稼いで食べてきましたの。それでも実の母は、まだ私のこと子供だと思ってバカにしていますけど、さすがに、私を小娘とまではいいませんわ。おばさまは、息子さんが他人に、小息子っていわれても平気ですの？」

「こ、こむすこって、あんた……」

「よそさまの娘さんを、小娘よばわりなさるのは、いけませんわ。私の父や母が聞いたら、私のために泣きますわ」

ンマーおばさんはもはや、怒りのあまり、すぐには声もでないようだった。何かいおうとして口を開けかけ、また、とんでもない口答えが返ってくるのではないかと不安になるらしく、むうっと黙りこむのだった。

まあ、私はしょせん、それだけの人間なのだった。我慢のたりない、怒りやすい、どうしようもないナマイキな小娘で、けれど本心をいえば、そのときくらい、弁がたちすぎる自分の欠点を、長所として、神に感謝したことはなかった。

その夜、独身女性軍のふたりが、ワインをもって私の部屋を訪れ、私の勝利をたたえながら、いかに世の中に、ああいう傍若無人な専業主婦が多いかといったことを、経験談をまじえて話しだし、そのときの悔しさを思いだしたのか、ふたりとも涙ぐんだ。

六十すぎの元美術教師の画家と、四十なかばの公務員の女性は、独身であるためにうける精神的な傷は、無神経な男のからかいより、専業主婦の無意識の差別のほうが大きい。悔しくても、怒りのもっていきようがないと、頷きあっていた。

私は少なからず、辛かった。せっかく女性軍が部屋に遊びにきてくれるのなら、ツアーの楽しさや、これまでにいった海外旅行の楽しい話を聞きたかった。けれど彼女たちは、ンマーおばさんへの嫌悪もあらわに話すときほどには、自分自身の楽しかった思い出や、これまでの人生を、熱意をもっては語らなかった。

しいて頼むと、ポツポツと自分の経歴や旅行談を話したあと、

「でも、こんなの、つまらないでしょ」

と、とても申しわけなさそうにいうのだった。

その翌日、遺跡近くのレストランで昼食をとったあと、みんながレストラン内の土産物コーナーに走り、テーブルには私と、老人ホームでひとり暮らしをしている

という老婦人だけが残った。

彼女はトイレにいくために立ちあがり、あたりに目を走らせ、ンマーおばさんが戻ってこないことを確認してから、唐突にいった。

「お嬢さん、結婚できないといわれたからって、気にしちゃダメよ。結婚なんて、つまらないわよ。みんな、あの奥さんのこと悪者に思ってるけど、ほんとに悪いのは、止めないご主人のほうよ。いや、妻はおしゃべりで……とかいって、しらん顔してる男がズルいのよ。ね、お嬢さん、結婚なんかより大恋愛をするといいのよ。大恋愛をひとつすれば、いい思い出になって、たとえ老人ホームで死んでも、幸せなものよ。ほんとよ。負けおしみじゃないの。思い出はのこるのよ。大恋愛をなさいよ、お嬢さん、いい恋愛をね」

老婦人はそう囁いて、いそいでトイレに走っていった。私はなにか飲みたい気分になり、手ぶり身ぶりでボーイに赤ワインのデカンタを頼み、ゆっくりと飲んだ。ワインはとても、美味しかった。

そう、あの旅行は全体として、とてもいい旅行だったのだ。私はいまでも懐かしく思いだす。とりわけ、ツアー後半から私を避けるようになった、どこまでも正直なンマーおばさんと、つのる尿意を我慢して、人生の秘密を囁いてくれた小柄な、あの老婦人を。

一番とおい他人について

　このごろの出版界も大変だなあと思うのは、恋愛論がハヤると必ずといっていいほど、数社から、恋愛論を書きませんかという依頼がくることで、あるとき同業者とおしゃべりしていたら、

「そっちにもいった？　ウチにも来たよ。びっしり章だてまでした企画書コミで。なんかもう内容はある程度きまってて、名前くれればいいって感じで、びっくりした」

　という話になり、おやおやと笑ってしまった。恋愛論の場合は、

「いやー、恋愛に興味ないですから」

　でお断りさせていただけるけれど、一時期、よくお話をいただいたのが、女についてのエッセイを……というもので、これは、

「女に興味ありませんから」

というわけにもいかず、困ってしまうのだった。こういうとき、私が思い出すのは、唐突なようだけれど、大学時代の教授だった。

尊敬していた教授が、ある講義のとき、ふと雑談のような流れで、こうおっしゃったのだ。

女性はどうして簡単に、この小説がわかる、といえるのだろう。〝わかる〟という言葉を、かるがるしく使うのがどんなに傲慢なことか、わかってない。かりにも文学を研究するのなら、〝わかる〟という共感を落としどころにしてはいけない。せめて、私はほんとうに〝わかっている〟のか、私がわかる（共感する）のはなぜなのかと、自分自身への問いかけを含んでいてほしい。わかる、だけで書いたものは論文とはいわない。それは夜中に書いた片思いのラブレターみたいなものだ、と。

それは私が三年生の秋ごろの四講目のときで、なんの話からそんな雑談になったのか、もしかしたら四年生の卒論相談などが立てこんでくるときで、いろいろ感ずるところがおありだったのかもしれない。

ともあれ、教授がそうおっしゃったとき、クラスの少なからぬ女子学生が不満そ

うにザワめいた。学生はみんな、好きな近代や現代作家がおり、まれにブンガク談議をするときはいつも、

「これ、わかるわァ。好きなの」

といいあっていたから、〝わかる〟という言葉をかるがるしく使うのは傲慢だといわれて、ショックだったのかもしれない。

けれども、私はとても〝わかる〟気がした。とても切実な気持ちで、その教授のお話を聞いていた。私はそのころ、ある友人との仲が、決定的にダメになっていたのだ。

彼女は長いつきあいの親友といっていい人で、けれども彼女が一浪し、予備校でしりあった男の子と同棲をはじめ、一年後に、恋人と同じ大学に入ったあたりから、少しずつ疎遠になってはいた。

べつに、どちらが避けているというのでもなく、大学が違えば自然に会わなくなるものだし、それでも二、三カ月に一度くらいは、どちらからともなく連絡をとりあって会っていたのだけれど、会うたびに、居心地が悪かった。

「あなたは自分に自信がある人だからね」

などと彼女がいうとき、私はいつもわずかな違和感をおぼえた。彼女が語る私のイメージは、どこか、私の実感とズレていた。高校生のころならいざしらず、そのころの私はすでに、自分に対する、どんな種類の自信もなかったのだ。

彼女がもっている私のイメージ——感情的で、少し自信家で、明るい性格の人といった理解の仕方は、中学や高校時代の私には当てはまっても、すでに二十歳をすぎ、彼女の知らないところで友人をつくり、いろいろ悩みはじめていたリアルタイムの私のすべてではなかった。

なのに、彼女が〝あなたはけっこう防衛的な性格してるから〟だとか、〝あなたって、他人に興味がないタイプよね〟というたびに、強引に、彼女のいうイメージの枠に押しこめられてしまいそうだった。彼女の前では、私はいつも〈防衛的な性格〉で、〈他人に興味のない人間〉にさせられてしまうのだった。

ときどき私は、どうして、この人はこんなにも自信にみちて、他人のことを断定し、規定することができるのだろう、その、ゆるがぬ根拠はなんなのだろうと聞いてみたい気がした。

あなたのことは長いつきあいだから、よくわかってるわといいたげな彼女の無邪気な態度は、しだいに私を息苦しくさせていた。

あるとき彼女が、あなたの気持ちもわかるけど、私はね……といいかけたことがあった。私はほとんど悪意にちかい感情でもって、

「そう。私の気持ちって、どんなふう？」

と聞き返した。彼女はびっくりして、目を見開いた。

「なによ、それ」

「だから、私の気持ちがわかるんでしょ。私の気持ちがどんななのか、知りたいから、教えてよ」

私はそのとき、自分の気持ちなんかに興味はなかった。たぶん、彼女がなんと答えるかだけに興味があり、もしかしたら、彼女が言葉を失ってしまうことだって、予想していたかもしれない。事実、彼女は絶句してしまった。

私はなぜ、彼女にそんな辛辣なことをいってしまったのか、自分でもよくわからなかった。ただ、もうこれ以上、彼女のいう〝あなたは○○なタイプだから〞〝あなたのことはわかってるわ〞ふうな押しつけがましい物言いを聞くのは耐えられない気がしたのだ。

そういった友情問題の最終局面を迎えているときだったから、「どうして女性は簡単に、〃わかる〃という言葉を使うんだろう。〃わかる〃という共感に、よりかかりすぎてしまうんだろう。かるがるしく〃わかる〃というのが、どんなに傲慢なことかわかってない。少なくとも、自分はほんとうに〃わかってい る〃のかと自問する姿勢がなければ」

という教授の〈文学研究の基本的な姿勢〉〈卒論を書く心得〉についてのお話が、教授の意図とはまるで違う領域の、人間関係のあやうさの秘密のように思えたのだった。

私たちはふだん、友人だから、女同士だから、親子だから、恋人だからという理由で、相手のなにかをわかった気になっているけれど、それ自体は、なんの根拠にもならないのだということ。

いつも、自分はほんとうにわかっているのかを自問したほうがいいこと。共感によりかかった態度は、決して誠実とはいえないこと。

そういったことを、教授のお話を聞きながら、ぼんやり考えていたのだけれど、それは自分でも意外なほど深いところで、今も私を疑いぶかくさせてしまっているのだった。

たとえば才気ある女性コラムニストや女性エッセイストが書く身辺雑記ふうエッセイの文章のなかに、「女って他人の不幸が好きなものだ」「女はズルいから、絶対に自分にソンになることはしない」みたいな、その決めつけの強引さが魅力のいいまわしを見つけるとき、私はふと考える。

この人が知っている〝女〟は、現実に、どれほどの数の〝女〟なのだろう。アドレス帳をみずに、ごく自然に顔を思いだせる〝女〟を指折り数えたら、せいぜいが二十人、多くても五十人以上ではないのではなかろうか、と。

それなのに、どうして「私は」「私の友人たちの多くは」とは書かず、「女は」と一般化できるのか。その強引さが多分にフィクショナルなものだとしても、そこに、自分が女だから、女のことはわかるという甘えがないだろうか。

恋人のように、あるいは異性のように、女もまた、女にとっては理解しにくい他人であることに変わりはないはずなのに、不用意につかう「女は」という一般名詞は、未知の他人に対して、当然もつはずの距離感を失わせてしまってはいないか。

そんなことをいう私自身だって、ときおり対談のゲラが朱入れのために送られてきて、その中の一カ所か二カ所、「女って、そういうものですから」といったたぐいの言い回しを見つけて、あーららと思いながら「私は」と書き直すときがある。私の中にも、女への距離感を失わせる甘えと、無頓着さがある。距離感のなさは、いつ他人を自分の思いこみで断定し、決めつけ、相手を息苦しくさせるかわからない危うさをもっている。

しかも、私が不用意に書く「女は」で指された無数の、無名の女たちは、私に反論する有効な場をもっていない。そうしたとき、それでもなお、強気で押し切れるだけの自信がない。

女は一番とおい他人、その他人について興味は尽きないけれど、たぶん、すべてを理解することはできないだろう。相手は、私ではない他人だから。私は彼女が女だからではなく、未知の他人だから知りたいと思うのだ、いつも。いろんなことを。

いっぱしの女のため息

一万二千日めの憂鬱

いつだったか、洋服の好みかなにかのことで男友達といい争いになったことがあった。その男性は、わたしの服のセンスが悪い、というのである。自分になにが似合うかの定見がなく、はっきりした好みもない。だから服を買うときの楽しみもしらず、年に二度、まとめ買いなんかしてしゃあしゃあしていられるのだ、あまりにも無神経でいけない——という。もう、ボロクソであった。

そのときのわたしの反論は、大学をでるまで洋服はすべて母が選んでいた、サイフのヒモを握っている母親がすべての決定権も握っていたので、口出しできなかったのだ、だからいまだに、自分で洋服を選ぶのは苦手なのだ、というものであった。

すると、その友人はあきれたように皮肉に笑って、

「きみも三十をすぎて、いっぱしの女になっておきながら、なにを親のせいにしてるのさ。なんであれ、親の責任にしていいのは、二十代までだぜ」

というのだった。

わたしは数字をいわれると妙に恐れいってしまうところがあり、どうして二十代までは親のせいにしてよくて、三十をすぎるとダメなのか、そこはよくわからなかったけれど、しかし彼のいうことには不思議な説得力があり、なるほどと思った。

今からみると、〈三十をすぎて、いっぱしの女になった〉という部分に、非常にうまいクスグリが隠されていたように思われる。カンぐればイロっぽい意味にもなるが、ふつうに考えれば、大人になった、一人前になったというような意味でもあろうか。

〈きみは、一人前の女じゃないか。いまさら、母親の影響をどうこういうなんて、子どもじみたことはやめなさい〉

というような響きがあり、ヒスりがちな中年女の心をうまく捕らえたのであろう。口のうまい男であった。

しかし、いっぱしの男というのならいざしらず、いっぱしの女というのはどこか据わりが悪い。たとえていえば、選挙で「○○を男にしてください」という表現はありえても、「○○を女にしてください」というのは今のところはないし、ちょっと意味がズレてしまうのと同じで、ミスマッチのおかしみとでもいおうか。

おかげで、それ以来、なにかに腹をたてたり、グチをこぼしそうになると、

「あたしもいっぱしの女なんだから、しっかりしなきゃ」

などと、ひとり呟いたりするようになった。

そうすると、ふいにおかしくなって笑えてきて、怒りの虫もなだめられる。いっぱしの女の処世術といえよう。

しかし、いくらいっぱしの女だと本人が踏んばってみても、けっして、それを認めない人種がいる。いえ、マスコミの頑固男どもではなく、母親である。

今年の年あけそうそう、札幌にすむ友人から、電話があった。

「もしかしたら、知ってるかもしれないけど……」

と前置きして、友人はおそるおそる語りだした。

去年の十月ごろ、わが母親がローカルテレビの奥様番組の占いコーナーに、電話出演したというのである。

わたしの娘は作家をやっていて、三十をすぎたのにまだ独身である。本人は気楽なもので、ノンキにやっているが、親としては心配でしょうがない。良縁にめぐま

れる気配はないだろうか……——というようなことを相談したというのであった。

「そして」

と、ここからが本題なのだというように、友人は声をはりあげた。

その占いコーナーの司会者が、娘さんのお名前は？　と尋ねると、わが母親はわたしの本名をいい、それを聞いた司会者と占い師がほぼ同時に、

「ほほう。〇〇さんといえば、若い人に人気の、ヒムロサエコさんではないですか」

と指摘したという。

そうして占い師は、

「娘さんは現在、才に走り、知に走っている。しかし三十五歳ころには、おのれの才能と仕事の限界をさとり、結婚を考えるようになるでしょう。かなりガのつよい人だから、ご主人には、一にも二にも包容力のあるひとがよく、本人は見つけられないと思うので、まわりが段取りしてあげるとよろしい」

というようなことを占ってくださったのだそうな。

それをテレビで見た友人は仰天し、お母さんがこういう相談をしたのを本人は知

っているのだろうかと悩みつつ、ヘタに知らせてヒスられても困ると黙っていることにしたという。

ところが、お正月に友人たちと集まったおりに、この話題が出て、思いのほか、たくさんの人が見ていた。それで、やはり知らせたほうがよいのじゃないかということになって、代表者が連絡してきたというわけだった。

「本名いって、すぐにペンネームが出てくるほど、あんたって有名人だったの」と友人は驚いていたが、テレビ局というのは、そういうのは前もってチェックしておくので、驚くことではない。

しかし、わたしはやはり動転した。三十をすぎた娘の結婚が心配だからといって、テレビ番組の占いコーナーにでる母親の行動力には、そら恐ろしいものがある。このままでは、わたしの名前で、しらないうちに結婚サークルに入会していてもおかしくない。

わたしと母は、ふだんは仲がよいのだが、こと結婚といった問題になると、どうにもならないほどミゾができてくる。

率直にいって、母は結婚していない女を、一人前と認めていない。もう、アグネ

ス論争どころの騒ぎではない。はっきりと一人前じゃないというし、わたしが二十五をこえたころ、泣きながら、

「おまえ、親にいえない体の欠陥かなにかがあって、それで結婚しないんじゃないの」

と訴えた。あのとき、母がナニを想像していたのか、いまだにわからない。親にいえない体の欠陥とはなんであろう。無毛とか、そういうことかしら。

母にとって二十五歳というのは、女が独身でいていいギリギリの線であり、娘がその境界線をこえてしまったのが、なんとしても無念なのであった。ことほどさように、結婚に固執している。それはもう、執念といっていいほどのエネルギーである。

こういう重圧というのは、ちょっと説明しにくいものがある。こちらが喜劇にもっていこうとしても、向こうがマナジリを決して、

「体に欠陥でも」

とまで口にだしてくるので、とんとユーモアにならない。

わたしは数年前、婦人病をわずらったことがあり、このままでは卵巣を摘出しな

ければならないといわれて家に帰る道すがら、ふいに腰が抜けてしまって歩けなくなるほど動揺したが、動揺する心の奥で、なにかプラス要因をさがそうと必死に努力したあげくに、

（このおかげで、もうケッコンケッコンといわれないかもしれない）

とひらめいてホッとしたほどだったといえば、母の結婚願望がどれほど娘にとって重圧であったか、わかろうというものである。

投薬治療で完治したあとも、しばらくは、

「まだ、危ないのよ。見合いとか結婚とか孫とか、そういう話はしないでね。とても辛いから」

とゴマかしていたほどであった。親不孝といえば親不孝だが、それくらい母娘抗争のネタになっている問題であったともいえる。

けれど、よもや天下に流れる公共電波にのって、わたしの結婚相談を持ちかけるとまでは思わなかった。

しかし、もちかけるほうももちかけるほうなら、占うほうも占うほうだと思うのは、中年女の僻みでもあろうか。

「おかあさん、娘さんは三十もすぎた大人であり、まわりがヤキモキすることではありませんよ。娘さんを信じなさい」

などと諌めてもおかしくないと思うのだが、よくもまあ、職業にあわせたことをあそこまで、微に入り細にうがって占ってくださったものだとカンカン、いやカンシンした。

友人の電話があったのは、おりしも三十三歳の誕生日まぢかであった。

三十三年といえば、一万二千日あまりである。一万二千日も生きてきて、ただ独身であるというだけで、実の母に非難され続けているのだ。

どう考えても、これはただごとではないように思われる。いっぱしの女なのに。

俗物あり

わたしはその日、朝から必死になって、テレビの奥様番組、というより芸能ニュースを見ていた。そういうことは、めずらしいといわねばならない。

なぜか、わたしは芸能ニュースにぜ~んぜん興味がない。これは気取っているのではなく、ほんとのほんとである。

なぜなのかとつらつら鑑みるに、フト思い出すのは、わたしがもっともリクツ屋だった、中学生か高校生のころのこと。

さる映画スター（妻子あり）と、あたかも処女のごとき清純美人女優が不倫関係にあり、すったもんだのスキャンダルのすえに、とうとう映画スターが離婚、一方の清純女優は引退して、みごと凱旋結婚する――という芸能ニュースが週刊誌をにぎわせたことがあった。

その女優さんはほんとうに、見るからに清げであったから、世間のショックも大きかったのだろうと、今では思われる。

しかも、女優さんのおとうさまが、名のとおった歌舞伎の名優であったことで、いよいよニュースバリューがあったのだろう。

女性週刊誌には、今と同じように、

（名優○○、世間にお詫び会見！）

などという見出しが賑やかに躍っていたが、どうしたかげんか、うちの父も母も、異様にこの芸能ニュースにいれこみ、ひどく腹をたてていた。

今から思うと、自分の娘たちも、いつか、このような不祥事をおこすのでは……と不安だったのではないだろうか。美人女優に、ぶさいくな娘たちをあてはめて考えるところが、親のありがたさというものであろう。

それはともかく、夕刊の下にでている週刊誌の宣伝見出しをみながら、

「ほんとに、世間に顔向けできないことだ。親も辛いところだが、けじめはつけなきゃならん」

などと父が怒り、母が相和して、

「ほんとうにねえ」

なんて、顔をうれしげにほころばせて、いう。

リクツ屋のわたしは、それが気にくわない。

「娘のやったことは、娘のやったことじゃない。親は関係ないじゃない。この役者さんは、べつに悪くないよ。世間に謝ることはないんだ。謝るんなら、相手の奥さんに謝ればいい。世間がなにさ！」

てなもんである。

芸能ニュースで、親子ゲンカするというのも思えばバカな話で、もともと俗物親娘コンビであったのだろうか、ともかく、

「そういうものじゃないよ、サエコ。これはやっぱり、世間さまに申しわけないことだよ」

と母がいい、娘は娘で、

（なにが世間だ。いつもは、世間は口うるさくてイヤだっていってるくせに、こういうときだけ、自分も世間さまになっちゃってさ。有名人一家が困っているのを見て、内心では楽しんでるくせに）

と思うのが、リクツ屋の十五、六歳らしいところ。

この芸能ニュースをネタに、ふだんはめったに意見の合わない両親が、ヘンに気が合っているのも気にくわず、

(あさましい感じ)

がして、ケッペキ性の乙女には、なんともイヤであった。

はたして、そこのあたりに遠因があるのかどうか、以来、芸能ニュースを嬉々としてしゃべりあう口の裏に、小姑じみた、あさましい、ホカに話すことのない侘しさ、なぜか芸能ニュースにかぎって良識ある市民になってしまうウサン臭さ——などなどを感じてしまって、いまだにピンとこない。

語られていることよりも、語っている者の目つき口つきのほうが気になってしまって、どうにもいけない。

どだい噂話なんて上品なものではないのだから、品の悪いことをしている恥じらいというか、テレや後ろめたさがないことには、やりきれない。良識ある市民ぶりっこなど、論外というもの。

また半面、マイナーインテリが、メジャーインテリへの反撃として、ある種のスノッブをきどって芸能ネタを口にすることがあるけれども、それも、根性がヒネこ

びていて好きくない。好きではないといわず、好きくないなんていうのも、ちょっとヒネてはいるのだが。

ようするに、芸能ネタが根っから好きなら、好きといえばよいのであって、

(世間が許さないよ、こんなこと)

と、さも良識ぶって芸能スキャンダルを口にする、こずるさ小心さがイヤだし、

(芸能ニュースをきらう、気取った連中が気にくわないから、わざと芸能ニュースを口にする)

という屈折もイヤ。

あるいは、また、

(芸能ニュースを語ることで、イマをそれなりに評論する)

ふうの、文明批評の皮をかぶった、おためごかしのコラム崩れも信用できない。

とどのつまりは、〝噂話好き〟というだけのことなのだから。

自分は噂話が好きな俗物だとはっきり自覚したうえでなら、噂話に興じるのもいい、しかし俗物性をなにかのアンチテーゼのようにとらえる価値観は気の迷い、若気のいたり、単なるイキがりというものであって、俗物はどこまでいっても俗物だ

ということをわれとわが身に承知しておけ、といったところである。

そして、わたしは根のところで噂話があまり好きではなく、芸能ニュースもまた、あまり好きではない、と。つづめれば、そういうことになる。

かといって芸能ニュースをあまり好きではないわたしが、俗物ではないかというと、そうではなく、ようするに興味がないのだとしか、いいようがない。

むかし、両親に反発したのも、もしかしたら、

（そんなことくらいで、いいオトナが、なにを興奮しているのだろう。ヘンなの）

というシラけた気分が、もともとにあったのかもしれない。

というようなわたしであったが、先日は一日じゅう、テレビにクギ付けであった。

その日一日、テレビでは、三十なかばの、マスコミでも文壇でも筆名たかく、縦横無尽に活躍なさっている女流作家の婚約発表が流れつづけたからである。

ある有名な論争のときから、わたしはその先輩作家のお書きになるものを興味ぶかく読み、書くものが徐々に変化してゆく、その変化のありさまを遠くから拝見しつつ、

（作家というのは、こわいものだ。なにがあっても、全部とりこんで、大きくなっ

てゆく。転んだ拍子に、石コロならぬ砂金つかんで立ちあがるのが、作家かも）とヘンな感銘を受けていたものだったが、そういうのは表向きの興味であって、ただただ、ご婚約なさったというその一点をもって、わたしはおおいなるショックを受けてしまい、

（婚約だなんて、なんということをしてくれたのだろう！　せっかく、娘の結婚問題であきらめつつある母が、いま、このとき、同じテレビを見て、なにを考えていることか……！）

眩暈さえ、しそうだった。

去年、テレビの占いコーナーに電話出演までして、娘の良縁を探しもとめた母に、これ以上のプライバシー干渉をするなら、絶縁もやむなしと手紙を書きおくったのは、つい最近のこと。

絶縁をとるか不干渉をとるか、ふたつにひとつを選んでほしいと詰め寄ったのが幸いして、ようやく、不干渉を勝ちとったおりもおりの、ご婚約発表であったのだ。

有名人に、自分の娘を重ねあわせる想像力においては、過去にも実証ずみの母のこと。

さぞや、このまま諦めるのは早すぎる、もうひと押しトライしてみようなどと、またぞろ仲人虫が動きだしているに違いないと思うにつけ、はてのない母娘百年戦争の行く末が案じられて、

（どうやって、説得したものか。ヘタに手紙を書いて、かえって寝た子を起こすことになってもマズいし……）

と苦悩しながら、テレビ画面を食い入るように見つめていたのだった。ここに、ひとりの俗物あり。

と思う。

さようなら女の子

〝少女〟という言葉は〝少年〟という言葉にくらべて、今ひとつ締まりがない印象があって、あまり好きではないのだけれど、これはきっと、語尾のオンが悪いのだと思う。

ジョというのは、どうにも締まりが悪い。そのてん、少年はンで終わって、きりっと完結している感じがする。

わたしは商売が商売だから、なにか〈永遠の少女性〉を背負っているよう誤解されるところがあり、困ってしまうんである。

案外、他人の印象のほうが正しいかもしれないから、こだわるつもりはないけれど、わたしの中では、あの日、あの時、少女時代は終わったという鮮明な記憶があり、それはかなりホロ苦いものだっただけに、〝少女〟という言葉には愛憎なかばするものがある。この場合、〝憎〟のパーセンテージが、やや高い。

彼女は――もう名前も忘れてしまったけれど、十三歳で、中学一年生になりたてだった。わたしは大学四年生だった。

いろいろな事情から、彼女と、その友だちの家庭教師をすることになったときの第一印象は、頭がよさそうで、手強そうな子だなということだった。人をまっすぐに見る目が、そう思わせた。

色は浅黒く、まっくろな長い髪、目は切れ長で、ちょっと興福寺の阿修羅像ににていた。一目で、相手に強く印象づけるものをもっていた。全身から、もやもやした苛だちのようなものを発散していた。急激に成長してゆく精神に、体がついていかない感じだった。

一方の友だちは、ちょっと『おしん』の子ども時代の子役女優ににていた。小学生のなごりのある、かわいい子だった。そうして気の強い、ピリピリした阿修羅少女が、教師や大人とぶつかるのをはらはら見守っているふうだった。

男の子の世界ではどうなのか知らないけれど、阿修羅&おしんちゃんコンビは、女の子の世界では、そう珍しいものではない。

女王と侍女、まま娘とシンデレラ、奔放な妹とジミで優しい姉というパターンはよくある。そうして、しばしば、それらは影の構図をもつ。

実は孤独な女王をあやつるサディスティックな侍女、けなげさに逃げこむシンデレラと欲望に忠実であるために誤解されるまま娘、権力欲をやさしさの中で行使する姉と、我を通すことでしか抵抗できない不器用な妹、というふうに。

だから阿修羅少女とおしんちゃんの関係の内実も、どうだったのかは未だにわからないけれど、ともあれ、ふたりは週二回、わたしの自宅に通ってきて、数学だの英語だのを勉強した。

よくあるように、阿修羅少女——かりに阿子ちゃんのほうが、だんぜん、のみこみが早かった。一方のおしんちゃんはのみこみが遅いぶん、性格がよくて、宿題はかならずやってきたし、単語の書き取りも、飽きることなく書きつづけた。

阿子ちゃんのほうは、

「もう、これ覚えちゃったよ、センセ」

といってシャーペンを放り出してしまい、のたのたしているおしんちゃんを軽蔑するように、ふん、と笑うのだった。

彼女はあきらかに、ふたり同時に、おなじ速度で教えてもらうことで、みずからの優位性に確信をもちはじめていた。

にもかかわらず、家庭教師のわたしはいつも公平で、ふたりを差別したり、阿子ちゃんだけを褒めそやしたり、

「阿子ちゃんをみならいなさい」

とおしんちゃんを叱ったりすることはなかった。

それに対して、阿子ちゃんが不満を募らせてゆくのが、手にとるように感じられた。彼女は正当に（すくなくとも彼女が望むやり方で）認められることを望んでいた。

彼女はしだいに反抗的な態度をとりはじめた。時間に遅れてくるようになり、覚えのおそいおしんちゃんにくり返し説明していると、これみよがしにアクビをして、歌を口ずさむ。注意すると、とうにやり終えた問題を投げてよこす。

おしんちゃんがわたしから本を借りて、その感想を遠慮がちにしゃべる習慣ができたころ、彼女も、

「センセイが好きな本、どれ」

といって、借りていった。数日後、コーヒーをこぼしちゃったといって、全ペー

ジが汚れた本を返してきた。汚しちゃった、弁償するよと不敵に笑いながら。

彼女は、中学生のころのわたしに、ちょっと似ていた。

当時のわたしは顔こそ阿修羅には似てもにつかない童顔だったけれど、かなり気がつよく、年上の姉の影響もあって、中学生が読まないような雑誌や本をよみ、レコードを聴いていたわりに、それについて、おしゃべりできるクラスメートがいないことに苛立ち、たぶん、ひそかに誇っていたのだ。

好きな男の子がいながら、その子がおもしろみのない優等生であることに苛立ち、校則のことばかりいう教師にも不満がいっぱいで、その不満を口にすることに躊躇がなかった。

そういうわたしを、ハラハラして見守る優しい姉のようなクラスメートがいて、彼女はわたしを親友だといって憚らなかった。

わたしが生意気な口をきいて職員室によばれ、

「おまえは傲慢だ。謙虚さってものを身につけろ」

と叱られ、めちゃめちゃになったプライドを抱えて、青ざめて教室に戻ると、彼女はすぐに走りよってきて、とても心配そうに、

「気にしちゃダメだよ、サエちゃんは根がいい人なんだから」

　とトンチンカンなことをいうのだった。

　彼女がやさしいこと、悪意というものがないことを、わたしはよく知っていたし、だから彼女を嫌いはしなかったけれど、ときどき、とても苛々させられた。

　彼女は目のぱっちりしたコで、成績はトップクラスで、だれに対しても優しく、しかもスポーツ万能で、六歳のときから絵画の個人レッスンにつき、お習字教室に通っていて、習字のクラスのとき、書道講師が彼女にお手本を書かせるほどだった。

　それはもう、眩いばかりの美と技をもち、けれど残念なことに、心をゆさぶるものがなかった。わたしの好奇心を刺激するものがなかった。犯人のわかったミステリーを読むようなものだった。

　わたしは、傲慢だ、謙虚さを身につけろといわれて、血の気が失せるほど打撃をうけたけれど、かといって、気にしちゃダメだよと優しく慰めてくれる彼女の鈍感さ、といって悪ければ幼さや無邪気さには、うんざりさせられた。なるほど、わたしは傲慢だった。

　あるとき、理由は忘れたけれど、彼女にまつわりつかれるのがほとほと嫌になっ

て、

「あたし、ひとりになって、いろいろ考えたいこともあるし。あたしたち、しばらくともだちづきあい、止めない？」

と昼休みの教室で、彼女にいい放った。彼女は呆然とし、みるみるうちに目に涙をうかべ、顔を歪めて泣きだした。

クラスの女の子たちがわっと周りに集まってきて、どうしたの、どうしたのと騒いだ。彼女はすすり泣きながら、

「サエちゃんが、絶交するって……」

ととぎれとぎれにいった。女の子たちはいっせいにわたしを睨みつけ、その後しばらくムラハチブになってしまった。

絶交宣言はいちはやく教師の耳にとどいたらしく、その学期の通信簿の通信欄に、

「ともだちの気持ちを思いやる、やさしさを身につけてほしい」

というようなことが書いてあった。

わたしは彼女の善意を疑っていなかったし、たぶん、彼女のほうが大人の世界では正しいのだろうと思ったけれど、なにか理不尽な怒りを覚えた。〝やさしさを身

につけろ〟という世界は、誠実な顔つきで、真綿で首をしめてくる、いやな世界だった。嘘っぱちの世界だった。わたしはすべてに苛立ち、もがいていた。

そういった我の強さ、傲慢さ――といって悪ければひりひりするような過剰な自意識。たしかに阿子ちゃんはわたしに似ていた。

コーヒーでごわごわになった『オズの魔法使い』を眺めながら、

「阿子ちゃんはきっと、あたしの気持ちなんか、おまえにわかるもんかと思ってるんでしょうね」

とわたしは呟いた。阿子ちゃんは矜持というものを知っている少女の目を、まっすぐにわたしに当てたまま、

「そりゃそうでしょ。わかりっこないよ」

と頬をゆがめて笑った。確信にみちた言い方だった。わたしはそのとき、自分の少女時代が終わったことを知った。彼女を一瞬、生意気なくそガキが！　と憎むことによって。

レズについて

ある知人の結婚披露宴の席で、とあるミュージシャンととなり合い、それまで何度かお会いしたことのある気安さから、さまざまな近況を小声で話しあっていたときに、話題は当然のように音楽やビデオクリップのほうに流れてゆき、ゴスペルの話になった。

「ゴスペルといえば、スピルバーグの『カラー・パープル』の終りのほうは、素敵でしたよ」

とゴスペルのなんたるかも全然しらない私は、平然といった。

ゴスペルとはキリスト教の、神の国と救いについての教義というふうに辞典にでているし、たぶん、そうなんだろうけれど、私の頭のなかでは、黒人の教会音楽——祈りを歌い、福音をたたえるうちに壮大な合唱になり、神の国をうたいながら現実を超えてゆく音とリズムのダイナミックで肉体的な集団歌舞——のようなイメージがあって、たぶん、そんなイメージがスピルバーグの『カラー・パープル』云々……となったのだと思う。

門外漢のコワいところは、そういう大雑把なことを雰囲気だけでいっちゃうことで、にもかかわらず、かのミュージシャンは、

「ああ、あの原作は素敵でしたよね。でも、あれの映画ってどうなんだろう。いいエピソードは、どれも絵になりにくいんじゃないかな」

と、とても熱心にいってくださり、いやいや、さすがにスピルバーグで、つくりすぎなくらい〝絵〟になってますといった話から、そこは披露宴、こみいった話にはならずに、新郎新婦の噂話へと流れていった。

それだけの話なのだけれど、そのときからずっと引っかかっているのは、あの、スピルバーグの映画にしてはそんなにヒットしなかった『カラー・パープル』は、私にはとてもよい映画に思えるのに、どうしてスピルバーグがアカデミー賞を狙った作品だとかなんとかヘンな話題しかなかったんだろう、どうして私は、あの感動を伝える言葉をうまく見つけていないのだろうということだ。

黒人女性セリーが十四歳で父に強姦され、ふたりの子どもを産んだあと、妹ネッ

ティーに執着していたミスターにむりやり嫁がされ、そこでさまざまな性的肉体的精神的な暴力をうけながら、ミスターが崇めている女性歌手のシャグにあこがれ、そのあこがれを杖にして、人生に、人間にめざめてゆく物語『カラー・パープル』（集英社文庫）は、作者アリス・ウォーカーの息づかいが感じられるほど迫力のある、そうして生々しい小説で、この小説を読んだあとでスピルバーグの映画をみれば、やはり、綺麗すぎて甘ったるいといった印象があるのかもしれない。けれど私は、映画のほうを先にみたせいで、いっさいの先入観がなかったから、ほんとうに感動してしまった。泣いてしまった。

初登場のときは、たしかに〝絵〟的にもブスっぽいセリーが、魂のめざめとともに、うす皮をはぐように美しくなってゆくマジックも、姉セリーと妹ネッティーとの姉妹の交感を影絵でうつしだすシャイネスも、さすがスピルバーグと思えた。大人社会の中での少年を描きつづけた彼の、小さき者への無条件の共感力と想像力が、その映画では、そのまま黒人女性――差別をうける黒人社会でも、さらに差別される黒人女性への共感となっていて、それを見る黄色女性の私は、肌の色をこえて、そこまで女に共感し、女の生理によりそおうとしてくれる男性がいることに感動したのだった。

とりわけセリーが、義理の息子ハーポがつれてきた恋女房ソフィア、大きくて、たくましくて元気なソフィアが夫に一歩もひかずに強情を通していることに嫉妬し、ハーポに、妻にいうことをきかせたいなら、

「（あたしが夫にされているように）殴るのよ！」

という。そのひとことを言うときの上目づかいの、卑屈で、けれど一瞬の凶暴さが閃く目がいい。

夫は殴るもの、女は耐えるものと信じてきた世界が、ソフィアの出現で崩れようとしている。ソフィアは殴られねばならない。殴られて泣きしおれたとき、あたしたちは仲間になれるという愛情とあこがれの裏返しの嫉妬がゆれていた。

けれどソフィアは一歩もひかずに、夫ととっくみあいの凄まじいケンカをしたあと、セリーのところにやってきて、

「あんたが殴れっていったの⁉」

激しい怒りをこめて、射るようなまなざしでいう。顔じゅう、殴られて傷だらけになりながら。

殴られても、決してひかないソフィアの逞しさと凜々しさは、みている私を——そして作中のセリーの心を震わせ、つよく打つ。たくましいソフィア、いとおしい妹ネッティー、そして女王のように生きたいように生きる輝くシャグへのあこがれが、夫にこづきまわされて鼠のようだったセリーを少しずつ変えてゆく。

女が女に憧れ、その憧れが生きる力になってゆく微妙な感情、泣きたくなるような思い——私はそういう感情が好きだし、いくつも経験している。だから、信じている。

幸か不幸か、私は肉体的にはカンペキなストレートだけれど、精神的にはかなりの部分、同性愛的な傾向があり、それは断言してよいけれど、決してめずらしい特異なものではない。

女が女に、その社会的成功や美しさだけではなく、その魂において、いきる姿の強さと凜々しさにおいて、心を揺さぶられるほどの感動をもらい、深く愛してゆくということはあるのだ。

口ではうまくいえない、そんな感情が、映画『カラー・パープル』では丹念に描かれ、そこに、ほんのわずかの違和感もなかった。

レズというと、結局、男の人が興味をもつのは肉体のカラミ的なものになってしまって、過剰なエロティシズムを背負わされてしまう〝レズ的な愛情〟が、普遍性をもった感情のひとつであり、ひとりの人間を救う力になりうるものとして描かれていたことに、私はほんとうに驚いたし、今も驚いているのだ。

〈女性映画〉という言い方は、〈女流作家〉という言い方と同じくらい好きではないけれど、それにしても、たしかに映画『カラー・パープル』は、一面、女同士の愛を謳った映画だった。

パッとした評価がなかったのは、映画評論家が男性ばかりで、たまたま女性の映画評論家はレズっぽい情感を一度も抱いたことがない人ばかりだからなんだろうか。あるいは、レズという情感を評論の場にのせるだけの土壌が、今現在、日本にはないせいなんだろうか。

基本的にはサクセスストーリーの『ルーツ』に感動しながら、『カラー・パープル』を綺麗ごとのメルヘンだと切りすてるのだとしたら、そこに欠けているのは想像力――夢を見る力だ。

つい先日、友人が書棚を整理していたら、おもしろいものがあったといって、タイムライフ編集部編、大宅壮一訳の『私には夢がある——写真と文章で綴ったマーチン・ルーサー・キング牧師の生涯』という昭和四十三年発行の雑誌をみせてくれた。

その本に、キング牧師の有名な演説の抜粋があった。

「私にはひとつの夢がある。ある日、ジョージアの赤い丘で、かつての奴隷の息子たちとかつての奴隷所有者の息子たちが兄弟愛のテーブルにいっしょにすわるという夢が。私には夢がある。私の四人の子らがいつの日か、その肌の色ではなく、その品性によって評価される国で生活するという夢が」

そうした夢を語ったキングは、おなじ黒人の急進派に弱腰と批判され、もちろん白人からは迫害され、凶弾にたおれたといった文章が、強烈な共感力を背景にした大宅壮一さんの力づよい訳で、たんたんと続いていた。

警察犬をけしかけられる老いた黒人労働者、手をつないで「WE SHALL OVERCOME」の歌をうたう行進者たちの群れ。モノクロのどの写真も時代をこえて訴えるものがあるけれど、同じように時代をこえて生きている言葉は「私には夢がある」の一節だ。これは、この世で一番うつくしい言葉のひとつだ。

私は鋭い批判を理解はしても、感動はしない。私は夢によってしか感動しない。

そうして、感動によってしか動かない。

映画『カラー・パープル』は、そのキングの夢の向こうにある世界だった、差別された黒人社会、その中でもさらに差別されてきた黒人女性が、女同士の愛情によって到達しうるうつくしい夢、その夢を描いていました、だから良かったんです。

ああ、そういえばよかったなと今になって思うけれど、まあ、めでたき披露宴での話題でもないか。レズなんていうのは。

〈妹の力〉と〈女の大義〉

先日、必要があって『日本書紀』を読んでいて、ふと、『日本書紀』の女はみんなリッパだなァと意外な気がしてきた。

これまで、私が読むのはもっぱら『古事記』のほうだった。といって、なにも座右の書にして馴染んでいるというのでもなく、『古事記』か『日本書紀』か、どっちかを選ばないと殺されるというセッパつまった状況になったら、『古事記』のほうを選びますというほどのことである。恥ずかしいけど、そんなもんです。

よくいわれるとおり、ヤマトタケルの話にしても『古事記』のほうが圧倒的にドラマチックであり、それにくらべて『日本書紀』の日本武尊は字からしてイカめしく、親しみがもてない。

『古事記』では、たび重なる遠征を命じられたヤマトタケルは、しだいに父帝の真意をはかりかねるようになり、伊勢神宮の倭姫のところにいって、

「父はわたしに死ねと思し召しなのだろうか。西の凶悪な蛮族を討って倭に帰ってきて、まだ間がないというのに、兵士も賜らないまま、今度はすぐに東を討てと仰せられる。これは、わたしに死ねと思し召しだからでしょう」

といって泣く。父の愛情を信じることができずに泣く若い王子は悲壮感に満ちて美しく、心ゆさぶられるシーンである。

ところが『日本書紀』では、伊勢の倭姫に会いにゆくけれど、

「帝のご命令で、東国を討つことになったので、ご挨拶に参りました」

とミもフタもない、東国征伐の大義を述べるだけである。

彼が死ぬときも『古事記』では、倭は国のまほろば……と思国歌《くにしのびうた》を歌い、国＝父を思う彼の心情もなまなましく、弱い人間の哀しみをおもわせる人間ドラマになっているのに、『日本書紀』のほうでは、景行天皇みずからが日向国の行宮《かりみや》で、大和のほうを見て、大和は国のまほろば……と国ボメの歌として歌ったことになっている。

歌としては、そのほうが本意なのだろうけれど、なんとも味気なくて、ガックリしてしまう。感動のしようがないではないか。

さて、このヤマトタケルと並んで、『古事記』の一大悲劇として描かれる〈沙本《さほ》毘古《ひこ》の叛乱〉もまた、『日本書紀』ではかなり違った色合いで描かれている。どこが違うか。

『古事記』では、沙本毘売《さほひめ》は兄の沙本毘古に、

「この兄と、夫と、どちらが愛しいのだ」

と聞かれ、兄さんが愛しいわと答えると、では、おまえとおれとで天下を治めよう、帝を殺せと謀反を唆される。

このあたり、〈妹の力〉ではないけれど、呪力のある巫女と、その巫女を後見しつつ現実の政治をとる男――卑弥呼と男王の関係を重ねみることができるし、古代の同族の兄妹の絆というものを考えると、納得できる発端である。

ところが『日本書紀』では、兄の狭穂彦が、

「(おまえは皇后で、帝の寵愛もあるが)容色でもって人に仕えていると、容色が衰えたとき愛情もさめるぜ。今、天下には美人が多いのだしな。みなが競って、寵愛されようとする。どうして容色だけを恃《たの》めるもんか。もし、おれが皇位についたら、おまえと天下に臨める。枕を高くして、百年でもすごせるのは、いいことだと

思わないかね。おれのために天皇を殺してくれ」

などといって、天皇暗殺を唆すのである。

この唆し方の憎らしいこと。容貌をネタにするなんて、女の心理を心憎いほど押さえていてヘンなリアリティがあり、狭穂彦のあざとさがあらわで、いくら『日本書紀』が忠君思想で貫かれていて、謀反人はあしざまに描かれるとはいえ、ひどいもんである。

さてサホヒメは、天皇が膝枕で眠っているのをみても、天皇を殺すことができず、涙がこぼれ、それが天皇の顔を濡らす。すると眠っていた天皇が目をさまして、ヘンな夢をみたという。サホヒコの叛乱を予知する夢である。サホヒメは、もはやこれまでと思い、兄の謀反を告白する。そこまでは『古事記』も『日本書紀』も同じ。

ところが『古事記』では、

「兄にもらった小刀で、三度、御首を刺そうとしたけれども、哀しい気持ちのあまり、できませんでした」

と素直にいうのに、『日本書紀』では、

「兄にも逆らえず、帝の御恩に背くこともできず、罪を告白すれば兄を滅ぼすことになり、黙っていれば国を傾けることになり、伏し仰いでは咽び泣き、進退きわまって血の涙を流しました。日に夜に胸につまり、申しあげることもできませんでした」

と中国ふうの修飾語がえんえんと続くのである。弁がたつというか、血の涙を流したわりに、よくしゃべるという感じ。

血肉の義と、夫婦の義、さらには忠君の義に引き裂かれているわけで、それなりに心理ドラマにはなるが、リクツっぽくなったというか道徳的というべきか、七一二年の『古事記』と七二〇年の『日本書紀』が、あきらかに違う編纂意識でまとめられているのがわかる。

やがて天皇はサホヒメに罪はないと判断し、兄のサホヒコを討つべく将軍を遣わすのは記紀とも同じながら、そのあとが違う。

『古事記』では、兄が討たれると知った沙本毘売は、兄を思う愛情やみがたく、身籠った身でありながら兄の陣地にとびこむ。

しかし『日本書紀』では、

「兄を失ってしまえば、どんな面目があって皇后として天下に臨めようか」

といって、すでに生んでいた皇子をつれて兄の陣地に走る。

女の口から、〝面目〟なんて言葉がでるとは思いもよらず、いや、よほど面目や大義のために生きてる志たかい女性なのだ。

さらに『古事記』では、沙本毘売はすっかり腹をくって、兄と一緒に死のうとするが子供が生まれてしまい、せめて子供だけはと思って、天皇に託そうとする。

しかし『日本書紀』では、燃える陣地から皇子を抱いて出てきた狭穂姫は、

「私が兄の陣地に逃げてきたのは、もしや私と皇子のために、兄の罪が許されるかもしれないと思ったからです。今、それも許されずに、私にも罪があることを知りました。捕らえられるよりは、自殺します。でも、たとえ死んでも、天皇の御恩は忘れません」

じつにじつに、理路整然とリクツをいう。

悩むときも、兄と夫との間の義で悩み、いま自殺するというときにも、私のために兄の罪が許されるかもしれないと思った、というとはなんたる女丈夫であるか。巴御前どころでない。

ほんと『日本書紀』で驚くのは、女も男も大義のために生きて死ぬことで、大義

あるかぎり、女もかなり強い。恋愛だけしてる場合でなく、国のためを思って悩んだりして忙しいのである。

これは『古事記』『日本書紀』ともに編纂時期が元明・元正の女帝期であったこととも関わりがあるのだろう。

さらに持統以来、持統系の皇子を皇位につけるべく草壁皇子→軽皇子《かるのみこ》→首皇子《おびとのみこ》の中継ぎとしての持統・元明・元正の女帝がいて、この場合、母方の血筋の正当性を強調しなければならず、女もいやおうなく、政治に組みこまれたといえるのかもしれない。

事実、孝徳紀には、良男と良女のあいだの子は父方のもの、良男が婢に生ませた子は母方のものになるという〈男女の法〉の詔がでる。身分差は母方、つまり女に起因するのだ（しかし、良女が奴と通じてできた子は、身分の低い父方に属するというから、いくら母が高貴でも、それだけではダメらしい）。

これがさらに進んで天武紀には、諸王は王の姓をもつ母でないと拝礼してはいけない、諸臣も自分より出自の低い母を拝礼してはいけない——という母方の血筋による身分差がハッキリする。

これは母方の身分が低い皇子たちに、皇位継承権がないことを根拠づけるのに有効で、のちに、おなじ天武系の有力皇子たちのなかで、持統を母にもつ草壁皇子があまたの皇子をのけて皇太子となり、草壁の死後は、その忘れがたみの軽皇子が、幼少であるにもかかわらず皇太子になるときの決め手ともなった。

聖なるものは母方から受け継がれるという古代的発想は依然としてありながら、それが逆転して、卑しい母の血を貶めるという差別の発想がここでクロスしており、しかもそれがハッキリと詔で打ち出されるあたり、たった八年しか隔たっていない『古事記』と『日本書紀』の間の女性観には、かなりの差がある。

〈妹の力〉という神々の領域と、〈女も大義によって生きる〉政治の領域は、この時期、どんなふうにせめぎあったのか。

このあたり、もう少し考えてみたい面白いところである。

いっぱしの女から男たちへ

なるほど

最近、『公式日本人論』(弘文堂)という本を読み、なるほどなるほどと頷くことが多かった。

これは〈『菊と刀』貿易戦争編〉とサブタイトルされており、対日貿易戦略基礎理論編集委員会＝編ということになっている。初版は、昭和六十二年十月。最近かったわりに、初版が手にはいったということは、残念ながら、あまり読まれていないらしい。

このまがまがしい委員会の名まえといい、訳者のテレコムパワー研究所という壮大な響きといい、そのテレコムパワー研究所が書いた〈まえがき〉の情報スパイ小説もどきのドラマチックな内容といい、〈アメリカ政府の〝秘密文書〟〉という凄まじきコシマキといい、いったい、どこまで信用してよいのやら、まして内容が知的興奮にみちみちていて、あまりにもおもしろく、おもしろすぎて、フト怪しげな気

持ちになり、

（これは、あのノストラダムスの大予言みたいなものではないかしらん。なにかのパロディではないのか）

まじまじと、本の装丁を眺めなおしたほどであった。

気になって、友人の作家に問い合わせてみると、

「弘文堂といえば、澁澤龍彥のはじめてのエッセイ集をだした出版社よ。しっかりした出版社よ」

とただちに、タイコ判をおした。彼女は澁澤龍彥のファンをもって任じており、かなり私情がはいっているような気もするが、こういうときに出版社の信用というのが生きてくるのでもあろう。

それはともかく、この『公式日本人論』、つづめていえば、対日貿易赤字解消を目的として、対日戦略をねるために、アメリカ政府から委託をうけた委員会が、あらゆる角度から日本を研究した共同研究レポートの抜粋、ということらしい。

あのルース・ベネディクトの『菊と刀』が、太平洋戦争中に、対日戦略、および日本の敗戦をおりこんだ占領政策案のために書かれたレポートであることを思いあ

わせると、まさしく、その続編といった観がある。

『公式日本人論』は、まず日本語の特質から書きおこしている。日本語は主語と論理のはっきりしない四次元の言語であり、日本人のコミュニケーション下手は日本語そのものの特質にもあらわれている。求心的な日本語は自己完結を容易にしても、自己改革をさまたげている。みずから自己改革できないのだから、どんどん外圧をかけるべし。求心的な日本人は論理よりはスローガンによわく、交渉の場においてスローガンをかかげれば、イヤとはいえないだろう——とまあ、まことに戦略にみちみちた文章がつづく。〈外圧のかけ方〉なんていう項目まであり、実にもうエキサイティング。

そうしてまた、いまの日米構造協議の流れをみると、この本のとおりになっていて、わたしがふと、

（ノストラダムスの大予言みたい）

と思ったのも、むべなるかなの内容なのだ。ただし、この本がでたのは昭和六十二年だから、巷にあふれる予言書あつかいするのは不当というもの。やはり、どうも本物のように思われる。

これが、ほんとうにアメリカ政府の秘密文書なのかどうかはさておいても、日本語は四次元的言語であり、その非論理的言語を三次元的地上につなぎとめているのが、〝やはり〟という連結語である——などという指摘を読むと、なるほど、と思う。

なぜなら、わたしが頻繁につかう接続語、および副詞が、〝やはり〟だからなのだ。

ごちゃごちゃと筆にまかせて書いてきて、そろそろ、まとめに入らなければならないと思ったとき、つるりと出てくるのが、「それはさておき」「ともかく」「なるほど」「やはり」などの接続語・副詞ご一行さまなのである。これらは本書中で、ひとつひとつ指摘されていた。こうなると、この『公式日本人論』、非論理的なわたしの内部ではかなりの説得力をもつ。おお、なにはともあれ、やっぱり当たってるじゃないか、てなもんである。

「やはり」のほかに、わたしが一番つかうのは、「なるほど」である。会話でも文章でも、この、ヤハリとナルホドを、かなり使う。

なるほど、というのは、アメリカ政府筋のご指摘をまつまでもなく、まことにも

って非論理的であって、自分では納得できる充分なてごたえを感じていればこそ、

「なるほど、やはりそうであったか」

とひとり頷くのだが、およそ、第三者には説明しにくい。

たとえば、つい最近、わたしがやっぱり！　とふかく頷き、なるほどと納得したことに、セクシャル・ハラスメントなる言葉がある。

あの言葉が出てきたとき、わたしは瞬間的に、これまでの人生上のさまざまなエピソードを思いうかべた。

それはたとえば、こういうことである。

わたしは女子校育ちのせいか、同性の友人たちのほうが多く、行動するにも、おしゃべりするにも女の子のほうが気心がしれていた。

そんなある日、おつきあいのあった編集者がお酒をのみながら、

「あんたたち、レズじゃないの。いつもいつも、くっついてて」

とわたしと友人にいった。数年前のことである。

女子校育ちのわたしはハハハと笑っていたが、友人が猛烈に怒りだした。

友人が怒ったのは、相手の言い方に不愉快なものを感じたからで、レズに差別感

があったわけではないと思われる。

そうして、友人は、貴方はそういうことをあちこちでいう傾向があるが止めてほしい、悪気はなくても、耳にはいると不愉快なのだといった。

すると彼は、ちょっと鼻白んだように、

「やだな、冗談だよ。そういう怒り方するところみると、ほんとに男をしらないんじゃないの。おれでよかったら、相手してやるよ」

みたいなことをいうのだった。

この手の冗談がこまるのは、失礼だと怒ることと、男を知らないという事実には因果関係がないにもかかわらず、妙に相手を追いつめてしまうということである。

つまり、ここで、男を知ってますというのもハシタナク、黙っているとますます相手をつけあがらせる——という二律背反があって、にっちもさっちもいかなくなってしまうのだった。

彼女は憤然として不機嫌そうに顔をしかめていたが、相手は撃ちてしやまんの勢いで、

「そんなに怒るなよ。更年期障害じゃないの。そのトシで男しらないと、更年期障

害になるんだよ。ハハハ」

とやけに明るく笑いだすのだった。彼はまことに明るい、くったくのない男性であった。悪気がない、としかいいようがない。

彼女はその場では黙っていたが、家に帰るなり泣きだし、あんな無神経な男と仕事しなきゃならないなんて我慢できない、あいつに娘ができたら、その娘に、中年女になったあたしが、同じことをいってやると叫びだし、

「やめなよ。どうせ復讐するんなら、息子ができたときに、その息子に、二度と立ち直れないようなこと、イロイロいってやるのよ」

とわたしは慰め、そこは腐っても文筆稼業、次から次へと、男を愚弄し顔色なからしめるセリフを口にして、最後には泣きぬれた友人も笑いだして溜飲をさげたのであった。

こういったことは、女同士の世界では、いわば無数にあるエピソードのひとつで、おとなげないという自己規制、わたしも怒りやすいからなあというけなげな反省もあって、めったに口外しない。

しかし、太郎の屋根に雪ふりつむごとく、彼女の記憶にも、わたしの胸にもふり

つもるものであって、こういったことを聞き流すことがオトナになることなのでもあろうかと、けわしき坂道をりんりんと歩むごとくに日々をうち過ごしているおりもおり、

（セクシャル・ハラスメント）

なる外来語を耳にすると、はた、と膝を打ち、このような言葉を口にする人々がいるからには、あのテのことに傷ついていた同胞はたくさんいて、わたしひとりが怒りっぽく、我慢が足りない、というわけではなかったのか、やっぱし！　とひとり頷き、

「なるほど、そうであったのだ」

とわれとわが胸に、納得するのである。論理的に説明するのは、この場合、非常にむつかしい。

年表をめくる意味について

一年ほど前、三十なかばの男の人とおしゃべりをしていたとき、どういう経緯からか、ちょっと奇妙な話になった。

彼は、自分と同じ年齢の芸能人やミュージシャンや作家、いわゆるナニゴトかをなした著名人をアトランダムに列挙して、

「やっぱり、同世代の傾向みたいなのを、彼らももっているという感じがするな。この先、どういう生き方をするか興味があるというか、参考になるというかさ。あいつはああやって生きてるのか、ふうん、みたいな感慨とかね。いろいろ考えるな」

というようなことを呟いたのだ。

さらにまた、年上の著名人を何人かあげて、

「彼が僕くらいの年のとき、すでに、あれだけの実績があったわけだよ。それを思

うと、ボーゼンとなっちゃうよな。僕はまだ、なにもしてないのに」

というようなことも、いった。そのときの彼はひどく淋しそうでもあり、外国の小説によく出てくるけれど実際には見たことのない、いわゆる〝舌打ちした〟ような感じでもあった。ハードボイルド・タッチとでもいおうか、なんというのか、いやはや……。

わたしはただ、驚いていた。すわっていた椅子からズリ落ちるほど驚いた――ほどではないけれど、

（はあー。そんなもんですかねぇ……）

と思うほどには、びっくりした。

わたしはそれまで、どんな意味でも、自分と他人とをひきくらべて、生き方をうらなったりしたことがなかったのだ。

よくいえば、好きかってに自由に生きていたともいえるし、悪くいえば、自己を相対化する努力に欠け、自分しか目にはいっていない唯我独尊の境地にいた、ともいえるでしょう。

あるいはまた、彼がたまたま組織や関係性のなかで自分をみつめざるを得ない、

いわゆるサラリーマンで、一方のこちらはたまたま組織に属さず、関係性も（原則的には）任意にえらびとれる自由業の人間だった——という状況の違いもあったかもしれない。

いずれにせよ、わたしはへーっと思ったわけだけれど、へーっと思う心のどこかで、

（このひと、やっぱりオトコなんだなあ）

というような感慨をもったのは確かである。

つまり、ナニゴトかをなした著名人と自分を比べること自体、ヒトと生まれたからにはナニゴトかをなすべきだという発想が根底にあるわけで、それはやっぱり立身出世をよしとする価値観を、十字架のように背負っていることに他ならず、それがいかにもオトコの人だなあという感じがしたのだ。

オンナにも、オンナと生まれたからには栄耀栄華を極めたいと思うひともいるはずだけれど、それはひとつのタイプであって、十字架というようなものではない。肩にくいこむ十字架というより、いくつかの選択肢のなかから選びとった、天にはためくスパンコール付きの軍旗みたいなものである。いざとなれば、作戦変更も名

誉ある退却もありうる。理屈なんて、あとでなんとでもつけられる。この選択肢の多さにかけては、男はほとんど太刀打ちできない。

まことにもって、男は組織にからめとられている哀れな生きもので、女は組織から疎外されてきたゆえに、組織から自由でありうる存在だ——というようなことを、聞きなれた歌のフレーズのように口ずさむつもりはない。ものごとは、そう単純ではない。

つまり、組織にからめとられている元気な女もいれば、組織から疎外されたゆえに、自由にならざるをえない哀れな男もまたいる。それは確率の問題上、いまだ検討の範疇にはいってこないだけのことだ。（しかし、どっちにしてもオトコに不公平な表現のような……）

それはともかく、彼に話を戻せば、あのときの彼のハードボイルドな表情を思うと、今でもイヤな、さびしい気分になる。

「でも、あなたは性格のよい人で、ちゃんと仕事して食いブチ稼いでる一人前の大人で、本や音楽にも興味があって、話してて楽しい、いい人じゃないの。バイクにも乗れるし。そのうち子どもが生まれたら、きっと、よい父親になるわ。それは、あなたと同じトシの作家が書いた小説の数と同じくらい、重要なことじゃない?」

というようなことをうまくいいたかったけれど、現実には、そういったことはめったに口にできるものでもないので黙っていた。

いったところで、三十代折り返し地点の彼が抱いている〝感慨〟とやらが消えるとも思えなかったし、そう思うとますます哀しくなる。世の中には、女の手ではどうにもならない理不尽がいっぱいいっぱいある。

そういうことがあってからしばらく、わたしも彼にならって、自分と同世代の人に注目してみたり、あるいは有名人がわたしと同じ年齢のころ、なにをやっていたかを、あやふやな記憶力と乏しい想像力で思い描いたりもしたけれど、ま、いろんな人がいるよなあー、というアタリマエの感興をもよおしただけで終わってしまって、ある感慨をおぼえるという境地にはいたらなかった。

だから、わたしは今でも、よくわからないのだけれど、彼にかぎらず、オトコの人はみんな、同世代の他者と自分とを比較して、ある種の感慨を抱くものなのかしら。あるいは、一家をなした人物の年表をこっそりとめくり、彼がボクと同じ年齢のとき、どれだけの仕事をしていたのか確認して、茫々たる思いにとらわれるというようなことが？　そういう比較には、ハイパワーガソリンの役割以上の、どんな意味があるんだろうか。

わたしはふと、最近読んだ『私の紅衛兵時代』（講談社現代新書）という本を思い浮かべる。

陳凱歌という中国の映画監督がかいた回想録で、その本によれば、彼は一九五二年生まれ、現在、三十八歳ということになる。

この本は、いくつものエピソードが無数の珠のように散らばりながら重層的に連なってゆく。ひとりひとりの人物の輪郭を鮮やかに刻みながら、時代と自分自身との距離を保ちつつ、圧倒的な映像の喚起力をもった文体、彼の映画そのもののような文体で書かれている。（それはもちろん、訳者の刈間文俊さんの文体でもある）

小説よりも小説らしい、彼の映画よりも映画らしい、その新書サイズの小さな本は、十三歳の少年の、夏の記憶からはじまる。

北京の名門中学にはいり、気負いと喜びのうちに、しだいに文革の足音をきき、父には〝政治的な問題がある〟と知らされてプライドを打ち砕かれ、父を憎み、「革命をやる！」と心に決めた十四歳の春。そうして批判大会の衆人注視のなか、右派のレッテルを貼られた父の肩をつきとばしたときの、手に残る感触の記憶。級友でもある紅衛兵たちによる家宅捜索。どのセクトにも属さぬままの紅衛兵くずれとなった彼が、はじめて人を殴った夏の日の眩しさ。自殺や発狂においつめられてゆく周囲の人々。級友の裏切り。十七歳で下放されておもむいた雲南省の原始林。傷つき虚しくなっていた彼を無言で癒してゆく大自然の生命力。それもまた無謀な命令によって焼きつくされる野焼きの壮大な破壊。それらを見つくした彼が軍隊に入隊したのは、十九歳のときだった。

やがて五年間の軍隊生活ののち、彼は北京にもどり、映画を学び、処女作の『黄色い大地』を撮ったのは一九八四年、三十二歳のことになる。そして今から三年前の一九八七年、三十五歳で『子供たちの王様』を撮った彼は、一年の予定で大学で映画論を教えるためにニューヨークに発ち、予定が伸びているあいだに、去年（一九八九年）の天安門事件を迎える。彼はいまも、ニューヨークにいる。

わたしが題名だけは知っていた彼の『黄色い大地』『子供たちの王様』をみたのは、ついこの間、四月から五月にかけて、三百人劇場で中国映画六十本一挙上映の企画を知って、なんとか時間のやりくりをつけて通っていたときのことで、彼のにわかファンになって、まだ三カ月にも満たない。彼について知っていることのほとんどは、プログラムや解説書からの受け売りにすぎない。

けれど、陳凱歌という作家が生きている時代と、彼が経てきた人生、彼が撮りあげた作品の、風景と人間の営み、時間というもの——そういった、いろいろなことを思うと、やはり茫々とした思いにとらわれる。言葉にならない思いがある。彼は三十二歳のとき、あの『黄色い大地』を処女作で撮ったのだ。そのころ、わたしは二十七歳で、お小遣いでハワイに遊びにいっていた。なるほど。

三十なかばの彼がいっていたのは、こういうことだったんだろうか。それなら、彼のいっていたことは、とてもとても理解できる。年表をめくり、誰かの仕事の夕カを数える価値はある。わたしや彼が、どういう時代を生きているのかを知るためには。

ブラキストン線について

数年ほど前だったと思うのだけれど、とある全国紙の北海道版の家庭欄だったか地域欄だったかに、小さな連載コラムが載り、北海道の女たちの間で、かなり話題になったことがあった。

それは、東京から赴任してきた男性記者の手になるもので、コラムのタイトル名は、〈北海道の女〉だった（ような気がする）。

東京からきた中年の男性記者が、はじめて接した北海道女の印象のアレコレを書いた、なかなか楽しい読物だった。

ちゃんとスクラップしておけばいいのに、読んだあと、友人たちとウケて盛り上がり、それっきりで終わってしまったので、以下の引用部分の文責はすべて、私にある。

曰く、

「北海道の女はガサツだ。濃やかさがない」

「離婚率は全国でも一、二で、自立心が旺盛なんだろうか。しかし、どうも道徳観とか倫理観が、東京とは違う気がする」

「北海道の女は、男をあまり立てない」

「口がわるい。自分勝手だ」

などなど……

こうやって適当に引用すると、ちょっとビターな辛口コラムのようだけれど、実はそうでもなくて、お堅い新聞記事の中では、読みやすい文章だった。内容が身近だし、今まで、正面きって〈北海道の女〉をテーマにしたコラムやエッセイがそんなになかったせいもあってか、友人たちもみんな、おもしろがっていた。

自分たちのことを、そんなふうに注目して書いてくれる男がいるというのは、なんといっても、やはりよい気分なのだった。

「ほーんと、このとおりだよねー、アハハハハ」

「ガサツっちゃ、ガサツだしさあ。コマやかさはないわ」

「今まで、男たてたこと、ないもんねえ。ドコたてるって」

なーんて、私もまた友人たちとお酒を飲みながら、楽しい話題のひとつにしていたものだった。

ところが、それからまもなく、二十数年も住みなれた北海道を離れ、東京に出てきた私は、じきに、ある驚きをもって、このコラムを思い浮かべることになる。

それはたとえば、親しくなった友人たちと、ちょっと〝お茶する〟ために、喫茶店に入った時であったりする。

それぞれがオーダーして、コーヒーだの紅茶だのコーラフロートだのが、てんでバラバラに運ばれてくる。私はもちろん、自分のオーダーがきた時点で、さっさとカップをとりあげる。あるいは、ストローの紙をやぶる。

そのとたん、友人のだれかが必ず、

「サエちゃん、やめなさいよ」

やんわりと、ひと声かけてくるのだ。

ぽかんとしてテーブルを見回すと、たとえば五人のグループのうち、ひとりのオーダーがまだきていない。

つまり、四人は、最後のひとりのオーダーがくるまで、楽しくおしゃべりしながら、待ってあげるのだ。

それはじつに礼儀ただしい、心くばりのある態度で、

（そうかァ、ソフィスティケイテッドとは、こういうことか）

とその場ではすんなり納得して、テレ笑いしながら破りかけたストローの袋をテーブルに戻すのだけれど、そういうときの居心地の悪さ、ヘンな感じはヒフ感覚的に残ってしまう。

その感触をピッタリ表すのは、やはり標準語ではピンとこなくて、肉体的にピタリとくる生活語でなければならず、いうなればそれは、

（うー、あずましくないな ＝ uncomfortable）

（ぷっ。いいふりこきィ ＝ oh, vanity）

（うふ、ダラみたい ＝ trivial matters……）

と呟きたくなるニュアンスなのであった。

そうして、そんなとき、ハタと膝をうち、

（そうかあ。あのコラムは、こういうことか。こういう無言の、無数のルールがあ

る人間関係を、何十年も、アタリマエと思って生きてきた中年男性が、北海道にきたら、そりゃあ、北海道女はガサツだと思うよなあ。みんな、パッパラパーに、自由にやってるもんな。北海道女はコマやかさがないっていうのは、ある種の、親愛の情をこめた〝貶しぼめ〟のレトリックだとばかり思ってたけど、別にホメてたわけじゃないのね、ガッカリ。心から、コマやかさがない、とサプライズしておったのか！）

と思いいたり、ついつい苦笑いしちゃうのだった。

それまで私は、あのコラムをひとつの〝芸〟というのか、なかばフィクショナルな読物として読んで、アハアハ笑っていたけれど、笑っている場合でない、あの東京からきた中年男性記者はほんとうに、大きなカルチャーギャップを感じていたのだ。

その異文化の象徴として、たまたま女に題材をとっただけのこと、彼にあのコラムを書かせた真の動機は、マジメにいえば、東文化と北文化のギャップだったのだろうと、今にして思いあたる。

私も東京にきてから、

（ひゃー、東京の女の人はなんてまあ、女らしいんだろう。仲間でビヤホールにはいっても、同じ年の男の人にビールついでるよ。あたしたちなら、手酌でやるために、自分のビール瓶を確保するのに必死で、相手につぐのは二の次、三の次だけどなあ。さすが東京は上品だわ。あたしもいっぱし、北海道ではお嬢さんぶってるっていわれてたけど、やっぱ、お嬢さんのレベルがちがう。うんうん）

（うーむ。どうしてこう、みんなが集まって話しあったあとになって、ひとりひとりが別々に、実はあのとき、ああいったけど、本当はそうじゃなかったとか、あなたにだけは誤解されたくないとか、ヘンな連絡よこすんだろう。だったら、みんなが集まってたときに、きちんといえばいいのに。あのときは、考えがまとまってなかったのかな。でもなー、こういうことやってると、話し合いのイミなくなるし、だいいち、二重デマだしさ。みんな、忙しい忙しいいってるのに、なんで、こんなムダな時間つかって平気なんだろう。コミュニケーションの方法が、あたしたちと違うのかな）

などという、ほんとうに小さな、ささいなギャップにいちいち驚き、故郷に帰って、それを話題にすると、

「ふーん、東京って、そんな感じ？　きっとさ、全国から人が集まってるから、多民族でうまくやってくために、いろんなルールができたんだよ。あんた、北海道のルールで押しちゃダメだよ。やっぱ、アメリカ移民の人たちとおなじでさ、アメリカの建国理念に同調して、アメリカ国民になりきって暮すのが移民のジンギだよ」

「アメリカつっても、東京、湿気あるし、だいぶ違うよォ。こっちのほうがアメリカしてるよ」

「ようするに、〝郷にいれば、郷にしたがえ〟ってやつよ」

「まあ、そりゃそうだけどさ。なんか東京って距離がとりにくいよなあ。雑誌やテレビのニュースでやってること、こっちじゃ、ほとんどフィクションなのに、東京じゃ、ノンフィクションなんだもん。どっちがほんとなのか、わかんなくなってくるのさ。こっちじゃ何年かぶりの冷害かもしれないって大騒ぎしてるのに、東京の新聞でもテレビでも、ちょこっとも出ないよ。あそこ、日本の首都っていうわりに、自分とこの街の話しか、しないとこだもん」

「へー、冷害の話題、でないの。ウチもいちおう日本国内なのに」

「でないね。自分とこの台風のニュースで、ていっぱいみたい」

「ふーん。まあ、土地柄もあるからね。本州の台風なんて、北海道にくるころには、ただの強風波浪注意報だよ」

などという話の流れになり、しみじみと〝国土〟の違いを実感してしまう。

昔、生物かなにかの授業で、ブラキストン線というのを習ったことがある。

本州と北海道をへだてる津軽海峡が、ある種の哺乳類や両生類、鳥類の分布上の境界線になることを、ブラキストンさんが発見したことに因んでいる、らしい。

本州にいる動物で、北海道にいないもの、北海道にいて、本州にいない動物はかなりあるという。

となると北海道は、東京からみれば、ブラキストン線の境界線のあちら側の土地、いわばマージナルな地域ということになる。

なるほど北海道は日本におけるマージナル、北海道の女が、日本の女らしいコマやかさがないのは当然かもしれない――と、あのコラムを書いた記者の人に会ったら、教えてあげよう。

シュプレヒコールの歌

私が大学生のころ、『関白宣言』という歌がはやったことがあった。

あれは、そのころの私の感覚でいうと、田渕由美子さんが描くところの、オトメチックな少女漫画のエッセンスだけをイタダキして歌詞化したような世界だった。

オトメチックという、出版社の編集部の片すみのだれかが考えだしたコピーは、いろいろな意味で誤解されていて、そのためオトメチック漫画なるものも不当に誤解されているのだけれど、今読み返すと、あの一群の少女漫画の、すくなくとも田渕さんクラスの作家が描いた作品には、ひとつの思想があった。

それは、同世代の男の子と女の子がどうやって親密になり、理想的な関係性をつくっていけるかのシミュレーションだった。

ドジでとりえのない、ただ素直なだけの、しかし一本スジが通っていないこともない女の子は、ひとりの男の子を好きになっている。

彼女は〝好き〟というひとことがいえず、意地をはる。けれど、結局、男の子も彼女が好きだったことがわかって、ハッピーエンドになる。

その枠組みだけを借用した、その後の膨大な〝学園ラブコメ〟といわれる亜流作品のために見過ごされているけれど、たとえば田渕由美子さんが描いた作品には、男の子のキャラクター造型にはっきりしたイメージがあったのだ。

男の子は暴力的ではなく、日常的なエピソードをもち、女の子を崇めすぎたりバカにしたりすることなく、対等な同級生感覚でつきあっている。

それは当時、少年漫画が好んで描いていた、戦争好きで、男の大義のために血とび汗が散る〝男〟の雛形としての男の子とは、対極にあるイメージだった。

舞台の多くが共学の大学キャンパスであったのも、対等に試験を通ってきた仲間意識といったものを前提にしていたからだし、そんな初期設定そのものが、主人公の女の子と男の子のカップルの未来像を、ソコハカとなく予感させていた。（今から思えば、ですが）

作品中にセックスは出てこないにしても、彼らが今のままの同級生のスタンスでカップルでありえたら素敵だという、メッセージというには恥ずかしいけれど、つまり方向性があった。

けれど、その後に出てきた亜流作品は、舞台も中学や高校に下り、女の子も未熟になり、未熟な女の子が恋する男の子も未熟なわけで、未熟なガキ同士の思いこみラブ＝オトメチック・ラブコメみたいになっちゃって、私は一時期、田渕由美子さんのために、ひそかに泣いてたものであった。たとえは悪いけれど、悪貨は良貨を駆逐するというのは、こういうときに使うのだ。

さて、その本流作品と亜流作品のさかいめにあったのが、『関白宣言』みたいな世界であって、さだまさしさんの歌には、他にも、ドジな女の子とその夫、つまり同級生夫婦のユーモラスな日常のアレコレみたいな歌もあって、それは田渕さん的世界ではあった。

しかし、そこからどんどん男の甘えをエスカレートさせていったところが、田渕さんの作品と質的に違っている。その質的な違いの究極にあったのが、『関白宣言』だった。

歌の中で、男の子はけっこう乱暴な口調で、ナニナニしろ、ナニナニするなと命令する。

しかし、歌ってるさだまさしさんの外貌が、命令形とは無縁の頼りなさを表現しているから、その命令口調そのものがパロディかもしれない……というファジーなニュアンスになる。

そうして、ファジーなまんま歌詞はどんどん進行して、ふっと、笑いの中の本音というのか、笑わせてホロリとさせるトドメの、

「おれより、先に死ぬな」

という歌詞にきて、どっと紅涙を絞る仕掛けになっていた。

この歌については、

「先に死ぬなって、どういうことよ。寝たきり老人の世話させるために、生きてろってことなわけ？　冗談じゃないわよ」

「好きな人に先に死なれる辛さを、自分は味わいたくないわけよね。甘えてんのよ。やっぱりマザコンて、やよね」

というふうにもいえるし、

「そんなふうに甘えられたら、やっぱり嬉しい」

ともいえるわけで、他のさだまさしさんの歌と同じように、賛否両論が喧しかったと記

憶している。

私はどちらかというと、歌そのものは嫌いではなかったのだけれど、甘えだろうがなんだろうが、こういうモノの言い方をする男の人は嫌いだ、甘えるんなら、もっとちゃんとした文法で甘えてほしい……というような、ぼんやりした感想をもっていた。

さて、月日は流れて、つい先日のことである。

とある朝、

「○○社の社長、○○さんは逃げ回ることなく、私たちと対話してくださーい」

という、ラウドスピーカーごしの声で、目が覚めた。

枕元の目覚し時計をみると、朝の七時である。その日、私は朝の五時まで仕事して、ベッドに入ったのは六時近かった。

ようやく寝入ったと思ったところにラウドスピーカーだから、びっくりしたのだけれど、寝ぼけながら聞くともなく聞いていると、彼らは、私の隣家の前に集まり、集会をしているらしいのだ。

それ以前から、ときどき、郵便受けにビラのようなものが入っていて、それによると、隣家のご主人は某中小企業の社長さんで、十数年前、その会社で働いていた人が労働災害にあったという。

労災認定がでたのか、でないのか、そこがはっきりしないのだが、以来、社長さんは補償問題の対話に応じず、社長をやめて長男を社長にすることで問題を回避しようとしたものの、失敗。

長男も社長を降りたので、次男の現社長さんが会社を受け継いでいるが、今もって、対話のテーブルにつこうとしない。私たちはそれを糾弾する……というもので、十数年来の争いの果てに、当事者の支援グループが、社長さんの家をつきとめ（社長さんはこれまでにも、てんてんと住居を移されていたらしい）、その日、実力行使というのか、座りこみデモンストレーションに出たらしいのであった。

支援グループは十人前後のようで、しきりと、十数年前から今にいたるまでの経過をラウドスピーカーで説明している。明らかに、近所の人達を意識した情報戦術である。

どういう経過があったのか、一方の当事者だけのビラでは判断しようもないから、真実はひとまずおくとして、朝の七時すぎ、ちょうど子どもが学校に行くような時

間に押しかけてくるというのは、

（ルール違反じゃないのかなあ……）

と、やはり寝ぼけつつ思っていたのだったが、ふいに、支援者グループがいっせいに、シュプレヒコールをあげだした。

「○○の社長はァ、対話にィ、応じろー」

「逃げ回ってはァ、いけないー」

「私たちにィ、誠意をォ、みせろー」

そのほか、さまざまなシュプレヒコールが聞こえてきたのだったが、そのとき、寝ぼけた頭なりに、ふと、このイントネーション、この頭低尾高型の発声には聞き覚えがあるぞ、そうだ、『関白宣言』だと気がついた。

スピーカーごしに聞こえてくる、ナントカナントカしろー、ナントカするなーの、語尾がクイッと上がるところが『関白宣言』の音階そのものなのである。

私はさだささんの音感というのか、言葉を音にのせるときのプリミティブに鋭い感覚にカンドーした。しゃべり言葉で歌うという当時の音楽の流れの中で、彼は誠実に、しゃべり言葉を曲にのせていたのだ。たいしたものだ。なんというリアリズムだろう。

もしかしたら彼は、彼の青春時代、周囲にあふれていた喧噪や蛮声を嫌悪していて、それで、あんな男の甘えでまぶしたような軟弱な歌にすることで、シュプレヒコールがもつ集団的暴力をパロディ化しようと謀ったんじゃないかとさえ、一瞬、思ったほどだった。まあ、もちろん、深ヨミにすぎないけれど。

しかし『関白宣言』が、シュプレヒコールの歌だったとは……。十年後に、かつてのヒットソングの原型に出会うとは、思ってもみなかったよなあ。朝の七時に。

それは決して『ミザリー』ではない

人気作家が偏執的なファンに山小屋に閉じこめられて、すごい恐怖を味わう――といってしまうとミもフタもないけれど、スティーブン・キングの『ミザリー』はそういう小説で、それが映画になったとき、どこだかの週刊誌で、映画案内にかぶせて、いろんな作家の方々の経験談をふくめたコメントを載せていた。

どの作家のみなさんも、一様に〝熱心な読者〟〝偏執的な読者〟に愛されすぎた経験をもっておられて、どの経験談も、

(うーむ、やっぱり。あるある、これは)

と納得できるようなことばかりで、興味ぶかかった。

もちろん、私にもワープロ打ちの手紙で、

「おまえのエネルギーを
すいとって　やる

おまえはそのときから
書けなくなる！」

なーんていう脅迫状だかなんだか知らないけれど、そういう手紙が舞いこむことも、まれにあり、

「いやー、そんな、もともとぽっちりの才能で、エネルギーを吸い取られなくても、いずれ書けなくなりますから」

と思えば、それはそんなにコワイ手紙でもない。

なによりも、こうした手紙のテーマは、わりにはっきりしているから、ありがたい。たぶん手紙を書いた人は余人にしられぬ傑作小説を書いていて、なのに、くだらない（と彼女あるいは彼が思っている）モノを書いている私に対する義憤公憤やみがたく、つい筆をとった、いやワープロを叩いたのだと思えないこともない。

あるいはまた、二週間に一度ほど、便箋二十枚以上にわたって、日々のできごとを、乱れた文字で、きっちりと書いてくる人もいる。

いろいろ読んでみると浪人しているらしく、悶々することもあるだろうなあと思うと、これまた、そんなにコワイものではない。

そういう常連の手紙は見分けがついて、読むまいと思えば読まなくてもすむものだし、なによりも書き手が自己完結している。

つまり書いている人は、書くことが重要なので、読まれることをさほど意識していないのだ。そういう手紙は、(生意気ないい方を許してもらえるなら)邪気がない。

けれど、そうではない手紙というものがある。

その一通はまるで、癒えたはずの病気の再発をつげる医師の声のように無感動に、あたかも死のように突然に、訪れるのだ。

月に二度ほど、まとめて出版社経由で手元にくる手紙は、およそ百~百五十通くらいで、じつにさまざまな封筒でくる。

その一カ月ほどまえの漫画雑誌の付録についたキャラクター封筒などは、たいてい何通か含まれている。ハヤリの封筒もある。

こった和紙の封筒に巻紙の便箋の手紙もあれば、茶封筒に、ルーズリーフをちぎって書いた手紙がはいっていることも多い。授業中に書くのだろう。ふつうの白い封筒に、白い便箋のものもある。

厚手のルーズリーフやノートに書いた手紙も多いし、小説にあわせた手描きイラストが何枚も入っていたりするから、封筒が分厚くてもあたりまえで、封筒の種類、厚さからはなにも判断できない。

そうして、ある時、その封筒はなにげなく開かれる。

中からは、折りたたまれたポスターのようなものがでてくる。

目を射るのは、大きくひらかれた女の、赤らんだ陰部だ。もちろん無修整の。それがまず、まっさきに目に入るように配慮して折られて、封入されている（ことが多い）。

その紙の表面はなにか液体が零れたのか、ごわごわしている（ことが多い）。

私は喉の奥で小さな叫び声をあげ、それを放りなげる。

それはまるで、心あらわれるアニメを見ていたとき、ふいに電波ジャックして入ってくる殺人の実写映像ほどの衝撃で、私の平穏な日常に切りこんでくる異物だ。

なにがなんだかわからないままに、私はそれを捨てることができない。好奇心か、あるいはうまくいえない怒りのために、折りたたまれたものを開く。

それはたとえば、外国製のポルノ雑誌から切り抜いたと思われるカラーヌードで、看護婦の制服をかろうじて身にからませているブルネットの女が、ひどく不自然な恰好で、患者姿の男に強姦されている（というヤラセポーズの）写真だ。

強姦されているわりに、たいそう嬉しげな顔つきのモデルの目は、カッターの先かなにかで、抉られている。

女のむきだしの乳房の部分に、爪きりか、あるいは針金の先でひっかいたような跡が無数にある。

印刷の紙がちぎれない程度には気をつけて、けれど限界ぎりぎりまでひっかき傷をつけた乳房（の写真）は、ゆたかに美しい。

封筒の底から、メモのようなものが出てきて、

「おまえもこうしてやる。されたいんだろう」

などと書いてある。かなり端正な文字で。

その瞬間、私が感じる恐怖は、けっして〝熱心な読者〟〝偏執的な読者〟の怖さ――『ミザリー』の恐怖ではない。

それは、たまたま未知の人から手紙をもらうのが不自然ではない職業をもった私と、手紙をくれる読者、という関係性からは逸脱した領域の――別の次元の恐怖だ。

彼はかつて私の読者であったことはなかったかもしれないし、読者であったかも

しれない。それは重要なことではない。

重要なのは、あるひとりの人間が（おそらく男が）、女というものに抱くささやかな妄想の断片を、望みもしない私に見せようとする衝動、あるいは欲望。それらによって生じる私の衝撃と不快感は、私が〝女であるから〟であり、つまり彼の悪意の矢は、逃れようのない私の〝女〟の部分をめがけて射かけられたということ。それが、救いのない恐怖をよびさます。

それはあの、女なら、決してそうは名付けなかった、愛嬌あふれる〝M君事件〟と名付けられた事件によって喚起されたものと同質の恐怖だ。

親からもらった名をもつ私。仕事上の名をもつ私。こうありたいと願う私。こうでありえた私。

あらゆる属性の中から、ただひとつ〝女〟の部分を強制的にひきだされ、そこに照準をあわせた暗闇からの悪意に、私はどう抗議できるのか。対抗できるのか。

私が私であるために受ける不利益は甘受できる。けれど、宿命的に与えられた性に限定して向けられる無記名の悪意は、その無記名性ゆえに、私を激しく傷つける。恐慌におとしいれる。

もし、私が男性作家であったら、これが送られてくるだろうかという怒りが、恐怖と苛立ちの底で、静かにめざめてゆく。

この写真が送られるのは、私でなくてもよかったのだという予感、私の同業者か、アイドルスターか、町内会の女子高生か、あるいは口うるさい女教師であってもよかったのではないか、この写真によって衝撃をうける誰か、つまり女であれば……という思いが、やがて私をどうしようもない無力感にひきこんでゆく。

その時、私は全世界を背にして、あらゆる社会から隔絶されて、どうしようもなく無力で孤独だ。女であるために、孤独だ。

世にいう〝M君事件〟のとき、たいそう熱心な口ぶりで、熱心さのあまり、もしかしたら幸福そうに見えたかもしれない顔つきで、事件をめぐるさまざまなコメントを発した多くの評論家やコラムニストたちの言説は、私をその深い孤独から救わない。

私のうけた衝撃や恐怖や、苛立ちや怒りや、孤独からはほど遠いところで、それらは華やかな打ち上げ花火のように、あるいは実体のない谺のように響きわたるだけだ。

その夥の群れは、いやおうなく自分の性と向きあわされる者たちの傷ついた沈黙の間を縫うようにして、世に満ちあふれ、反発しあいながら情報を交換しあいながら、自家中毒のような結論をひきだし、やがて次なる獲物をみつけて、他人顔で消えてゆくのだ。

二年に一度くらいのわりあいで、そうした種類の封筒はつつましやかにやってくる。たぶん違う人間、そのときどきで癒されない孤独と欲望をかかえた誰か――おそらくは男から。

評論家たちの熱心な言説は、その孤独な、たったひとりの男の子さえ癒せない。投函しようとする手を止めえる〈言葉〉をいまだ持っていない。持たないことに傷ついていない。名も個性も剝ぎとられ、ただ女である一点に向けて暗闇から放射される無記名の悪意を、沈黙の中で甘受している誰かの傷と怒りは、確かにあるのに。

いっぱしの女の生きる時代

愕然の日々

愕然とする瞬間というのがある。

たとえば朝刊の家庭欄にある読者投稿欄などで、子どもの幼稚園でカクカクシカジカのことがあり、（子どもの成長を思い、わたしもまた、がんばらなくっちゃと思う毎日である）みたいな、日常生活にキラリと輝く小さな感動ふうのコラムのあとに、〝33歳主婦〟とあるのを見るとき、わたしは愕然とする。

その種の投稿は、わたしが子どものころからあった。そうして、中学生だったわたしは、そういう投書を読むたびに、（〝大人〟って、わけわかんないことに感激してんのね。ふふん）と思い、ヤッテラレナイワと思っていた。

ところがいま、朝刊をひらくと、やはり十数年前と同じような投稿がのり、投稿者はわたしとほぼ同年齢なのである。

（このコラムはまぎれもなく、子どもからみて、いかにも大人の書いたものだ。そして、わたしは投稿者とおなじ年齢だ。となると、わたしもまた〝大人〟なのだろうか）

しかし、それにしては、かつてわたしが抱いていた〝大人〟のイメージに、自分自身はなんと遠いことかと愕然とするのだ。

おそらく、わたしには自分はあいかわらず若いという錯覚があるのだ。それがコラムによって、自分の年齢を相対化されてしまい、あたふたしてしまう。

自分が若いと誤解してるとロクなことはないし、われに返って〝大人〟の自覚をもつのはよいことだが、それでいえば、わたしが一番われに返り、率然として〝大人〟の自覚をもつのは、テレビCFを見ているときである。

わたしが十代のころ、化粧品のCFが最高に素敵に思えた時期があった。〈彼女はフレッシュジュース〉〈黒い瞳はお好き〉〈海岸通りのぶどう色〉〈ゆれるまなざし〉などなどなどなど——

大学生だった姉は、これらのCFが流れるたびに、新色の口紅やアイシャドウを買っていた。そうして、父親とケンカしていた。

父はテレビを見ながら、それがドラマであれ歌番組であれ、みずからの意見を表明せずにはいられないタイプの人で、アイドル歌手が舌ったらずな口ぶりでヒット曲を歌っていると、

「なにを歌ってるんだ、この娘は。言葉がよく聞きとれん。日本語で歌ってるのか」

と怒り、ドラマで悪役があくどいことをすると、

「こういうヤツは、許していちゃいかんのだ」

とまたまた怒り、そうしてテレビ画面に、〈海岸通りのぶどう色〉や〈れんが通り〉云々が出てくると、

「なにをいってるんだ。さっぱり、わからん。レンガがどうした」

と、やはり本気で怒っていた。

わたしと姉は共同戦線をはり、

「れんがとか葡萄とか、そういう色あいのことをいってるのよ」

と応戦していたが、ぜんぜん通じなかった。

〈黒い瞳はお好き〉のときも、

「なにをいってるんだ、これは。黒い瞳がどうしたんだ。日本人はみんな黒いぞ。好きだから、どうしたんだ」

と怒り、姉やわたしは、

「これはさ。サガンに、『ブラームスはお好き』っていうのがあって、語感がいいから、それ使ってんだってば。カッコいいじゃん」

と縁もゆかりもない化粧品会社を擁護したが、やはり通じず、

（これだから、大人はダメなんだよな）

化粧品会社に味方して、父をケイベツしていた。

だが、しかし、わたしは今、父の気持ちが痛いほどわかるのだ。

今の世の中、テレビを見るというのはテレビCFを見るということであり、CFと懇意になれないのは、致命的な打撃である。そしてわたしは日々、打撃を受けている。

とあるクレジットカード会社で、そこのクレジットカードを使ってショッピングして、保証期間内に品物がこわれた場合、カード会社は品物を保証するという新シ

ステムができ、そのCFがあった。

子どもが、ピアノの上にある陶製のお人形をとろうとして、イスをもってきて、手をのばす。ところが、手がすべって人形をこわしてしまう。子どもはびっくりして、泣きだす。

すると、ものわかりのいい三十前後の父親が出てきて、泣いている子どもを慰め、それにかぶさって、

「○○では、保証します」

ふうのナレーションが入る。それが腹がたつ。

品物が保証されるのはけっこうだが、無茶なことをやって品物をこわした子どもにむかって、

「これはカード会社で保証されてるから、いいんだよ」

といわんばかりに子どもを慰めるとはなにごとか。そういうときは、ちゃんと、

「今度からは、気をつけるんだよ。こういうのはワレやすいんだ。さ、泣くのはやめて、カケラを拾いなさい」

と教え諭すのがスジというものではないか。

あるいはまた、一年ほどまえの就職情報誌のCFで、女の子のアップにかぶさって、

「あたしが一番、かわいい」

というのがあり、これはバックに吉田拓郎の曲が使われているせいもあってか、業界内では評判がよかったらしいのだが、わたしは怒り心頭に発していて、

「そういうセリフは、鏡みながら、ひとりでいってな。人前でいうセリフじゃない。他人とのスタンスもとれんのか。バーロー」

と画面に向かって、演説していた。

べつに、女の子に文句をつけるつもりはないが、いかにも女の時代というスローガンを隠れミノにしてるセコい根性が、気にくわなかった。どうせなら、フリーターの男の子のアップを出して、

「やっぱ、かわいいのは自分じゃん。それ、本音だしさぁ」

みたいなコピーをつけたらどうなんだ。

こういう一歩まちがえばバカ丸出しのコピーを、女とカップリングで出す根性のウラには、女の子＝「かわいー」という、女の子をひとつのカテゴリーでしか捕え

ない安易な発想があるわけで、そのスジの団体がヌードチェックなさるのもすきずきだが、問題はもっと根が深いぞ。

学生のころ、ベース流れの無修整の『ペントハウス』を見たことがあるけれど、ソフトフォーカスのうるわしいポーズは金髪の白人女性がとり、あられもない姿態はブルネットの混血美人がとっていた。あるいはまた、イラストでもエッチでいやらしげな男の顔は、なぜか日本人男性を思わせるアジア系の顔つきで、

（こういうモノにも、サベツってのはあるんだなあ）

としみじみしたが、オンナ関係のCF群に感じる違和感は、かの無修整『ペントハウス』を見たときと同じである。

ここ数年、女の時代だかなんだかしらないけれど、女について、アホなコピーが溢れかえり、それはいま、

「○○は地球について考えてます」

というビールの宣伝に象徴されるように、エコロジーの時代にとって替わりつつあるが、その根底にあるものといえば、時代にすりよる見境ナシの媚態であって、尻馬乗りのお先棒かつぎというのか、こういうのは時代がかわれば、どんなカッコ

いいスローガンを打ち出すか知れたもんじゃない。コピーライターなんて、カッコよくいうからよくない。時代スローガン屋といってりゃいいのだ。

そうしていま、エコロジーの時代と並んで目につくのが、男の時代である。女の時代への反動からか、あるいは九十年代は、女の時代によって萎縮した男たちの自己発見と再生の時代——という内部資料でもあるのか知らないが、新・男らしさを打ち出すCFがあるあるある。

ロックグループのリーダーを起用した生命保険CFで、わたしは彼が大好きなので、内心、忸怩たるものがあるのだが、

「ひとは男に生まれない。男になるのだ」

というコピーに負けた。一瞬、たしかに万人の胸に響く力があるが、しかし、わたしはいま、父に向かって、

「ボーヴォワールの本の中に、似たような文章があるのよ。語感がよくて、カッコいいじゃん。ピース」

と説明する気にはなれませんね。

彼女が、人は女に生まれない、女になるのだと書いたとき、それは女にさせてし

まう社会の抑圧構造を突いたものだったのだが。草葉のかげで、彼女も愕然として寝返りを打ってますよ。思想を骨抜きにして言葉を形骸化させてしまうフシギな国、それがジャポンだと。

ありふれた日の夜と昼について

たまたまクリスマスイブの前々日、友人と銀座で待ち合わせをしていたときのこと、まだ時間に余裕があったので、ふらりふらりと街を歩いていたら、とあるブティックの前に人だかりがしていた。

店内から溢れ出て通りに並んでいるのは若い男の子ばかりで、とっさに紳士服のお店で、歳末バーゲンをやってると思いこみ、

「そうだ。ボーイフレンドとお父さんとお義兄さんにネクタイのひとつも買おうっと。クリスマスも近いし……」

と店に入ろうとして、そこが高級宝石店であることに気づいた。

なんで宝石店のまえに、若い男の子が群れをなしているんだ……とびっくりして、もちろんすぐに、それがマスコミで評判の、クリスマスイブのためにシティホテルを予約し、プレゼントのアクセサリーを買う男の子たちの、タイムリミット寸前の

殺気だった姿であることに気がついたわけだけれど、このときばかりは、

「ああ、マスコミの記事でも、けっこう事実を伝えるってことがあるんだなー」

と目からウロコがばりばりと五、六枚ほど落ちた感じだった。

東京という街の特殊性と、その中でもひと握りのカップルの生態にすぎないとわかっていても、それでも若い男の子がむきだしのカードを握りしめて、宝石店に殺到しているのを目の当たりにすると、クリスマスイブの威力を信じないわけにはいかない。

それにしても……と、これ以後はひどくトシヨリじみた感慨になるのだけれど、いつのまにクリスマスは物欲しげな女の子と、卑屈な男の子の年に一度の発情期になっちゃったのだろう。

私は同性というだけで甘いところがあって、それは女子大育ちのせいか生理的に女の子が好きだとか、過激なことをいう表舞台の楽屋ウラの素顔が感覚的にわかるとか、いろいろ理由はあるのだけれど、ようするに身ビイキが激しい性格なのだろうと思う。だから、このクリスマス騒ぎについても、女の子はまあいい。無罪放免。プレゼントだって、くれるというものをムキになって、

「もらう理由がないわ」

なんていうのは、〝可愛げのない〟ことだし、両親も会社の上司も、社会全体が、根本のところで女の子に〝可愛げ〟を求めている以上、可愛げのないことをしてはいけない。貰って正解です。

しかし、あげるほうの男の子の気持ち、これがわからない。

不動産屋の息子か、どこぞの御曹司以外はバイトで稼ぐしかないだろうし、クリスマス貯金をしている者もいると雑誌にも書いてあって、たぶん、そういうのもありなんだろうけれど、せっかく稼いだお金を、なんでそこまで潔く、女の子に蕩尽できちゃうのか。自分のために使えばいいのに。

十万円あれば香港旅行もできるし、上等の靴一足でもいいけれど、なぜ自分をもっともっと楽しませてあげないのだろう。まあ、女の子がいないと心はともかく身は楽しめないというのであれば、それはそれで欲望の対価というわけで、理に適っていますけど。

しかし、男のヒトは結婚するまでにクリスマス儀式があって、結婚のときに立爪リングがあって、ようやく釣った魚にエサはやらねえぞといいたくなる時期に、スイートテンダイヤモンドかなんか結婚十年目の無言の圧力があって、なんのために生きて働くのかと疑問に思わないのかしら。これはもう新種の被搾取階級というべきで、革命を起こそうって気になってもおかしくないのに。

私の同世代の男の人もいまや、たぶん会社ではオジサン扱いで、そろそろ課長職もいて、中間管理職の下っ端だから苦労も多いだろうけれど、しかし、私たちは二十歳のころ、彼らにお金を使わせなかったのは確かだ。これは自慢に思っていいことなのか。それとも、悔やんだほうが正解なのか。

思えば、私たちの中学、高校、大学時代があの名高いリブの七十年代だったせいか、中学生が読むティーン雑誌でも、

「デートでは、ワリカンにすべきか。カレに出してもらうべきか」

なんてことをさも重大問題みたいに特集していたものだった。今ならワリカンて発想がそもそもないだろうから、えらかった。

あの頃から、オープンな男女交際にはどんなルールが必要かという、それ以前の世代のカップルが暗黙の了解で、あるいは失敗をくり返しつつ身につけていったことをマニュアル化する方向で、ものごとが動きだしていたのだと思う。

そして、ものごとの初期にはつねに理想が先行するように、回答者や先輩たちが回答していたのは、あるべき理想的な姿であって、

「男だからお金を払う、女だからオゴッてもらうというのは古い考え方です。ただし、男の子が払うつもりでいるときに、ワタシも払うと意地をはるのはいけません。キャッシャーの前でもめるのもよくない。キャッシャーにいくまえにワリカンのお金をだして、お金を払うのはカレに任せるのがいいでしょう」

みたいな、今から思えば、それもかなりマッチョな折衷案だけれど、とりあえず、そういうことを教えていた。

私たちは喫茶店禁止という校則をしりめに、せっせと男の子と喫茶店にゆき、たあいのないおしゃべりをして、お金を払うときはちゃんとワリカンにした。それでデートだった。映画もワリカンだった。オゴッてくれなくてケチ、とは思わなかった。

私は誘われると気楽にデートしたクチで、市内の駅前からデパートまでの半径二キロ圏内の喫茶店はすべてカバーしていて、でも男の子にオゴられたのは、たった二回こっきりだった。ふたりとも大学生だったから、そこはスンナリとＴＰＯだっ

たのだ。

大学生になってからも、たまたまパブで隣りあわせたサラリーマンが話しかけてきて、なんとなく一緒に飲むみたいな雰囲気になり、どうも向こうが払いそうだなと思ったときは、水割五杯のところを三杯でやめておくとか、そういう気の使い方をした。それはバカバカしい気の使い方だったのだけれど(そもそも五杯と三杯はそんなに違わないし)、でも、とりあえず、そういうものだった。

もちろん、学生同士のときは基本的にワリカンだった。サークルの先輩が払ってくれるときは、礼儀として、オゴッてもらった。

女の子同士の会話はとめどなくエスカレートするところがあって、演技と本心の境目があやふやで、

「男なら、オゴッて当然よね。デートでワリカンなんてカッコ悪くて。お金ない男は恋愛するなっていうのよ」

なんて、みんな口軽くいうわりに、グループの中にひとり、もたいまさこさんみたいな果敢な人がいて、ボソッと、

「あたし、理由もなくオゴられると借りつくったみたいで、やだ。コーヒー代やお

昼代くらいで大きな顔されるの、やだよ」

といっと、みんな、それもそうだと納得しちゃうのだった。

それでも確実に新時代は忍び寄っていたというべきか、美貌がウリのコもいて、そういうコは複数とつきあってる売手市場だから、デート費用は全額むこう持ち、プレゼント多数で、

「ボーイフレンドのひとりがアメリカ留学することになって、いない間、ボクを忘れないでくれって、これくれたの」

と中指の赤いルビーの指輪を見せられてアゴがはずれそうになったけれど、確かにそういうコもいるにはいた。が少数派だった。

そして彼女が席をはずした拍子に、誰いうともなく、

「高校生のときは男とも対等だったのに。大学生になると、結局、オンナの部分で勝負して、モノ貰ったほうが勝ちになるのかなー。なんか、この先の人生の縮図みたいで、辛いものがあるよね」

と呟いて、みんなが無言で賛同の意を表する雰囲気があった。友人はべつに、リブだのなんだのじゃなかったですが。

私たちはたぶん、若くてツッパッていたのだろうし、男の子とも成績という絶対評価で対等でいられた高校時代から、美貌や若さや媚態なんかで勝負が決まっちゃう近い将来を肌で感じて、ちょっとシニカルになり、そして素直に淋しがっていたのだと思う。

そのかわりといっちゃナンだけど、私たちはクリスマスでなくてもお盆休みでも敬老の日でも、やりたいときにやっちゃっていた。

今、その頃の恋愛を思いだしても、クリスマスは遠景にもない。覚えているのは好きだった人の口グセとか、初めて寝たときの部屋の間取りや、声の感じ。それと、好きという感情でいっぱいだった五月から九月までの季節感なんかが漠然と身体の底に沈んでいる。

そうして今でも、五月から九月にかけてのちょっとした風や雨の匂いなんかに、好きだった〝感情〟がなまなましく甦ってきて、涙ぐむことがある。相手の顔なんか、とうにボヤけているというのに。

毎年、クリスマスがくるごとに甦る記憶というのもロマンティックだけれど、みんな、一年にたった一回の記憶でいいんだろうか。私は貪欲だから、それだけでは満足できない。クリスマス以外のありふれた日の、たくさんの幸福な夜と昼の記憶がなければ。

羅生門をめぐる連想

先日、朝日新聞の家庭欄をみていたら、読者投稿の「ひととき」欄が目をひいた。十月六日付けのもので、投書者は若い主婦の方だった。

彼女の町内会ではゴミの点検があり、町内会のボランティアが毎回、ゴミ袋の中身を点検する。

しかし、女性には下着や汚物など、男性の目の前で点検されるのが耐えられないものもあるのだ——という、つつましやかな内容だった。

それを読んだ瞬間、わたしはひさしぶりにふかくふかく新聞の投書に共感し、

(ああ、やっぱりいるんだ。羅生門が)

としみじみして、〝羅生門〟から、いっきに連想がとんだ。

話は八年前にさかのぼる。

ある日、友人と飲み歩き、終電も出てしまったので、タクシーで友人宅に向かっ

たことがあった。

友人宅のある郊外の路地をいくつか曲がり、また曲がるというところで、車のヘッドライトがひとりの人物を浮かびあがらせた。

それはまったく、異様な光景だった。その人物は手に懐中電灯をもち、電信柱の下にかがみこんで、ナニゴトかをしていたのだ。

車のヘッドライトと、手にした懐中電灯の二重のライトアップ効果で、その人物の顔だけが暗闇にぼうっと浮かびあがり、それはもう、真夜中の怪談のように恐ろしく、ほろ酔いかげんでいたわたしは、いっきに酔いも醒めはてた心地だった。

「あれ、なに……」

と震え声で問うわたしに、その近所に住んでいた独身女性の友人は説明してくれた。

「たぶん、ゴミの点検やってるんだと思う。ひとり、町内会活動に熱心な人がいるのよ」

友人はすでにして、諦めの境地にいるような口ぶりだった。

車はすぐに角を曲がり、その光景は視界から消えてしまったが、好奇心につきうごかされたわたしは、強引に車を止めてもらった。

嫌がる友人をひっぱって、そうっと角のところまで戻り、ようく観察したが、たしかに友人のいうとおり、かのご婦人は懐中電灯を手に、ひとつひとつゴミ袋を開けているのだった。

「だけど、なんで、あんなことやってるの」

「夜中にゴミ出すと、猫や犬に荒らされるでしょ。夜中ゴミは禁止なの。なのに出してる人がいるから、ああやって中身を調べて、ドコの家の人が出したのか、調べてんのよ」

「……調べてわかるの？」

「そりゃ、残飯が少ないと外食のおおい学生か独身だなとかさ。女か男かも、いっぱつみたい。今まで、あの点検でピタリと当てられて、抗議された人、うちのアパートにもいたわよ」

「だけど、あんなことまでして……。まるで羅生門みたい」

と、わたしは思いついたことをなにげなく呟き、羅生門↓死人↓真夜中↓幽霊というふうに連想がとび、ゾーッとなってしまった。

ゴミ調べ人＝羅生門というのは、そのとき以来、わたしだけの対句みたいなものなのである。

友人は、見つかると嫌だから、早く帰ろうとわたしの腕をひっぱり、むりやり車まで戻った。関わりあいになるのが嫌なふうだった。車に乗ってからも、わたしはさまざま思い乱れた。

あの人のダンナさんは、奥さんが夜中に家を抜けだしても心配じゃないんだろうかとか、夫婦仲がうまくいってないのかなあとか、いや、むしろ懐中電灯もって出ていく妻に、

「おい、おまえ。ご苦労だけど、町のため、がんばれよ」

なんていってるのかもしれないなあとか、それにしてもゴミなんて触って楽しいものじゃないのに、彼女をあの行為にかりたてる情熱と目的はナンであろうとか、いろいろと……。

そしてふと、似たようなことがあったなあ、あれは中学のころの持物点検だっけと、連想は連想をよんでいった。

持物点検の権限を与えられていた規律委員長の女の子が、女子の体育のとき、み

んなより早く着替えて教室にもどり、女子のカバンを一斉点検した事件があった。

それで、違反の漫画雑誌やレコードがアゲられて、アゲられた数人の生徒が騒ぎだし、みんなの非難が集中してホームルームにかけられたとき、先生が介入して、

「〇〇は、クラスのために、よかれと思ってやったことなんだ」

みたいなことをいった。

そうなると、なぜか騒いだ連中もおとなしくなり、それまで涙ぐんでいた委員長がきりっと顔をあげて、

「うちのクラスの違反物グラフが目立つから、あたし、クラスのためにやったんです。これからもやります」

とおおしく断言しちゃって、実際、あれからも抜き打ち点検を続けていたっけなあ。

そのころ、わたしはほんとうに不思議だった。

みんながいない隙をねらって、みんなのカバンを開けるというのは、どうみても空き巣かノゾキみたいなもんで、それはあまり上等な行為じゃないのに、違反物グラフのためクラスのためとなると、立派なことになってしまう価値転換のシステム

がわからなかった。

さらにまた、彼女がみんなのカバンを開けてるとき、どういう顔をしてるのかということにも想像が及んだりした。どきどきしながらカバンを開けて、違反物を見つけるたびに、

「あ、めっけ」

などと、目的達成のヨロコビを感じるのかしら。

あの先生も、ふだんはそんなに生徒に理解があるほうでもないのに、どうして、ああいうことになると、いっきに理解力が増すのかも不思議だった。

不思議といえば、違反物グラフも忘れものグラフも不思議なシロモノで、一度、お習字のある日に玄関を出たところで転んで、硯を割ってしまったことがあった。中学二年生のころだっけ。

しょうがないので、割れた硯を家に置いて学校にゆき、その日のお習字の授業のとき、となりの席の子と硯を共有していたら、

「おまえ、硯忘れたのか。ちゃんと忘れものグラフに描いたのか」

と聞かれてしまった。

忘れものをした生徒は、自己申告制と密告制によって、キビシくグラフに描きこまれることになっていたのであった。

「いえ、忘れてきたんじゃありません。割れたんで、家に置いてきたんです」

といったら、

「それは忘れてきたことだ。ちゃんとグラフに描かないとだめじゃないか」

といわれて放課後、生徒指導室に呼ばれたっけなあ。どうして呼ばれたのか、わかるかと聞かれたので、

「硯が割れたんで、持ってこなかったからです」

と事実関係を明らかにしたら、

「そういう生意気な口答えをするから、呼ばれたんだ!」

と怒鳴られたけれど、あれも意味がわからなかったなあ。だって、ほんとに割れたというか割っちゃったんだし、割れた硯を持ってきてもしょうがないと判断して置いてきたのに、忘れてきたといわれるのは、やっぱり不本意だったしなあ。あれも口答えになるのかなあ。割れた硯でも、持っていけば忘れものにならなかったんだよなあ、つまり。そういう忘れものグラフって、なんかヘン。

そんなこんなで忘れものグラフを眺めながら、父親がよその学校で教師やってるという、仲のいいクラスメートと、

「こういうことやって、なにか意味あるのかねえ。忘れてくる人は、なにやったって忘れてくるのにさあ。忘れものがなくなったら、世界がよくなるのかなあ。ラブアンドピース」

「やったってしょうがないけど、親が要求するんだって、お父さんがいってたよ。ピースピース」

なんてオトナびた会話をした覚えがあるけど、そうか、親が要求するのか、そういう親が町内会にいるんだもの、そりゃゴミだって点検するよなあ、学校が町内会化してるのか、町内会が学校化してるのか、ともかくそういうことだよなあ……と連想は連想をよび、かくして、わたしはとても納得して、その日の朝刊を閉じたのだった。

やっぱり評論もよみたい

わたしが学生のころ、それはつまり七十年代だったのだけれど、少女漫画というジャンルがとてもエキサイティングだった。

小学生のころから読んできたマンガが、あら、これは面白いんじゃないかい……と思いはじめたのは中学の後半からで、高校生になったころには、一方に池田理代子さんの『ベルサイユのばら』があり、一方に萩尾望都さんの『ポーの一族』があるという、わかる人にはわかる、おもしろい状況が展開されていた。

わたしたち読者は、毎月のようにでてくる星の数ほどある作品群を、メジャーとマイナーという、ひどく単純なコトバづかいで感覚的に振り分けて受容していたけれど、そういうコトバにはあまり意味がなかった。

わたしたちはただ、小さいころから当然のように受け入れていたマンガという表現によって、思いもかけないものまでもマンガにしてもらえる、その驚きを毎月ごとにうけ止め、教室の話題にしていた。それはひと握りの賢い女の子のものではなく、好きか嫌いかの〝同好の士〟の放課後用の話題だった。大島弓子さんがサローヤンを読んでいるとどこかに書けば、おっかけファンはそれを読んだ。

それは大島弓子さんに権威があったからではなく、彼女の作品がとても好きだから、その〝好き〟というアンテナにサローヤンもひっかかるのではないか、またひとつ、好きなものが増えるのではないかという、女の子らしい欲ばりさからだった。

おなじように、萩尾望都さんがブラッドベリが好きだといえば、ファンはそれを読んだ。『ベルサイユのばら』にいれあげていた子はツヴァイクを読んだし、山岸凉子さんの短編がでれば、カポーティを読んだ。一条ゆかりさんがサガンをベースにしたといえば、

「やっぱりねー。わかるわー」

とナットクしながら、サガンを貸し借りした。

そうして、あれ（ツヴァイクやカポーティやら）が、これ（漫画作品）になるメカニズム——素材のふくらませ方とか、作家がどこをキメの見せ場シーンにするか

によって見えてくる、それぞれの二十代の女性作家の美意識のようなものを感じとり、楽しみ、いっとき価値観を共有する幸せをあじわった。『トーマの心臓』（萩尾望都）という作品ひとつをとっても、キャラクターにいれこむ子もいれば、わたしみたいに『ジーザス・クライスト・スーパースター』や『駈込み訴へ』（太宰治）や『草の花』（福永武彦）といった、ちょっとしたディテールの似た作品群を捜しだして、ファン同士で読み較べするといった楽しみ方をするヒネッた女の子たちもいて、ほんとうにさまざまだった。

そういう、とても多種多様な楽しみ方をしていたから、大学生になってから、いわゆる少女漫画ブームといった切り口で、マスコミにとりあげられ、あちこちで評論めいたコラムなどが出るたびに、もちろんできるだけ読んだ。

自分の好きなものが、自分ではない人にどう語られるか——というのは、とても単純な好奇心だったし、おなじ気もちならラッキー、ちがう見方なら、とってもコーフン、のはずだった。

けれど、正直にいえば、がっかりの連続だった。

評論の場に出てくるコトバは、今でいえばオジサン用語ばかりで、これだけブームになってるものを理解できないのは、現代の若者を理解できないことになるという恐れから、やみくもに理解しようとするプライドをかけた力技ばかりが目についてしまって、とてもとても鬱陶しかった。力技なんて、少女漫画から一番とおいアクセスの仕方で、

「で、あなたは好きなの。嫌いなの。嫌いなら読まなきゃいいし、わからないんなら、わかんないなーで終わっちゃえばいいのに」

といいたいような涙ぐましい努力——いいかえれば、未練がましい身ぶりを感じてしまった。

それに大好きな漫画家のセンセ方が、不慣れな対談の場なんかにひっぱりだされて、評論家の男のセンセイにいろいろ質問されるのだけれど、そういうのを読んでいると、泣きそうになるのだった。

評論家のセンセイたちの質問はおおよそ、わたしからみると、ずいぶん失礼な物言いがおおくって、的はずれで、作品をきちんと発表順に読むという、毎月の雑誌をおこづかいで買うフツーの読者なら、あたりまえにやっていることさえやらずに、自分に通用するコトバだけを使い、それに面食らっている二十代の若い女性作家の

困惑を、高見の見物的に見下ろしている感じがあった。

的はずれの質問は、それだけで、何人かのセンセたちを傷つけているとファンのわたしは思ったし、不作法な質問をするくらいなら、少女漫画なんてわからん、くだらんで無視してくれたほうが、まだしもよいと思ったりした。

そのとき、いみじくも悟ったのは、的はずれな評論は、作者だけではなく読者をも傷つける、ということだった。

わたしは確かに、少女漫画を材料にした〝少女論〟や〝社会学的分析〟なんてものに、ずいぶん傷ついたような気がする。

それは、自分が好きなものをすんなりと受けとめない厳然とした価値観があると知ることであり、その価値観にしがみつく人々が、自分たちのコトバでわかるまで嚙みくだき、彼の唾液をまじらせ、調味料をふりかけ、飲み下し、あげくに、

「まずい。うまい」

と勝手にきめつけてしまうずうずうしさや、好きな作品を――コトバは悪いけれど強姦されてしまう無残さを、まのあたりにすることだった。

そういったことは、おおげさにいえば、その後の人生を決定するようなところが

ある。おかげで、以来、わたしは好きな映画でも本でも音楽でも、それを好きな人としか、しゃべらない。

「それについての評論やコラムはなるべく読まない」

といった原則をもつことになってしまった。これはこれで、快いといえば快いのだけれど、世界がどんづまりになるといえば、どんづまりになってしまう。

たとえばの話――こういうところに、たとえ話で引かれることもまた、たぶん作品にとっては不幸で、ブームというものの恐ろしさなのだろうけれど、『ノルウェイの森』を読んだとき、わたしはすぐさま、友人のなかから、ある男友達を選びだして、読むようにと申し渡した。

「おもしろかったな」

と当時四十歳だった彼は口ごもりながら、うなずいた。

「新宿御苑でしりあった女の子、よくわかるよな、ああいう場合、寝ちゃうよな。おさまりがつかないというのが、そうなんだよな」

「そうだろうなあ、うん」

とわたしも重々しく、いった。

「レイコさんとたくさんやるのも、わかる。ああなっちゃうわよね、やっぱり。ものの流れがさ」

「しかし、四回だよ、四回。うひゃー、だよな」

「こまかいこと、こだわるんじゃないわよ。いいじゃないの、五回じゃないだけ」

「それはそうだけど。あのワタナベくんのえらいところは、おやじさんの病院にいったときにさ。緑ちゃんをひとりにさせる時間をあげたってとこなんだな。そういう距離のとり方がさ」

「わたしはねー、この人、男らしいのに、いやらしくないから好きよ」

「うむ。男らしい……」

「責任とろうとしてるじゃない。いろんなことにさ。男らしいって、そういうことよ」

「うーむ……」

そういったとりとめのない会話の果てにあるものといえば、なにもないのだ。ただ、彼とちょっとした気もちのよいおしゃべりの時間をもったということ以外は。

これではあまりに世界がどんづまりだから、やはり、それらしい書評やコラムをさがしてみる。気もちにピッタリくるか、とっても驚きの、どちらかのものを。でも、ない。それはやはり淋しいのだ。

そんな淋しさを感じたとき、はじめて、評論は必要だ、ひとつの作品をとおして、同じ美意識やちがう価値観とぶつかる興奮をあじわいたいと思う。わたしはたしかに、読んだ小説の数だけ評論もよみたいのだ。それも、とびっきりおもしろいのを。

対談　いっぱしの女大いに語る　高泉淳子★氷室冴子

高泉淳子（たかいずみ・あつこ）
役者、劇作家、演出家。一九五八年生まれ。早稲田大学在学時より芝居の道に入り、卒業後劇団「遊◉機械／全自動シアター」を結成。少年少女から老人まで様々な人物を演じる役者として人気を得る。中でも少年役の「山田のぼる」はブームを呼び「ポンキッキーズ」で生放送の司会役を務め旋風を巻き起こした。劇作も担当し、時間、記憶、家族をテーマにした作品は『大人の寓話』として定評がある。

高泉　ご出身は札幌ですか。

氷室　いいえ、札幌から電車で一時間ぐらいの、人口七万ぐらいの小っちゃな都市なんです。高泉さんは、宮城県だと伺いましたけど。

高泉　そうです。仙台から新幹線で十五分の古川ってとこです。私は去年初めて札幌の公演に行ったんですけど、とっても反応がはっきりしていて芝居がやりやすかったな。ほかの劇団の方に言ったら「エッ」って言うんですね。札幌は内輪うけがないからやりにくいという。役者間のこととか、劇団内のこととかで笑わせる楽屋落ちっていうんですか、私は大嫌いなんですけどね。

氷室　わかりますね。内輪うけとか、あるくすぐりって東京の文化に接していないと。そこで一緒に笑えることが仲間みたいな暗黙の了解の中で、みんなが予定調和的に笑っちゃったりするんだけれど、北海道だとそれをぶち壊しちゃう。予定調和のない風土というか。

高泉　だいたい小劇場なんていうのは、東京文化的なところがありますからね。だけど、今、テレビはすっかり麻痺しちゃってますよね。スタジオの近くのラーメン屋の話でもりあがったり……。

氷室　内輪のスタッフのうけを入れちゃうのね。

高泉　ほとんどのバラエティショーが入れてるでしょ。いやらしいですよね。あの笑い聞いちゃうとしらけてしまう。ルーシーショーとかエド・サリバンショーとか、子どもの時見てたアメリカのテレビショーが使っていたSE（音響効果）の笑いとは違いますからね。あれはあれで意味がある。これは絶対に意味なし。

前に萩本欽一さんと一緒に仕事したことがあったんですけど、スタジオで待ち時間に見ていると大して面白くないことでも、とにかくスタッフは笑うんですよ、何か異様な雰囲気でしたね。初め一回リハーサルをやると、そのときに笑われるから全部出しちゃう。そうすると本番ではその笑いはもうこないだろうと思ってあえて違うことをやろうとするから、からまわりしちゃって、かえって面白くない。ADの人にその話をしたら「そうなんですよね、笑えというから笑うんですけど、辛いですね」って（笑）。

氷室　その笑えというのは、一体どこら辺りから出るんでしょうね。

高泉　ディレクターでしょうかね。それでADは、とにかく笑わなければいけない、それがいちばん初めの修業かなんかで、それができなきゃ、ADの資格なし！　とかね（笑）。

氷室　業界人っていうキーワードがあってそこでドッと笑うことで、業界の中にいるつもりになっているような気がするんですよね。あれ、八十年代のバブルのよくないいくつかのことですね。バブルは、地価を上げたけど、芸能の質を下げちゃいましたね。

高泉　本当にそう思いますよね。

氷室　私は六年前に東京に来たので、一九八五年、まさにバブル突入のときだった。いまから思えば東京のカルチャー・ショックのほかに、バブルのカルチャー・ショックがあって。でも、あのころは東京ってこんなに物事がすべて金とか業界人とか、そういうことばかりなんだろうかと。出版社や広告代理店の人たちは、二人か三人で食べたら二十万ぐらいするような所に平気で入っちゃう。もちろん交際費で落ちるわけですが。

私の価値観というのは、やはり昭和三十年代に作られましてね。私は昭和三十二年生まれで、しかも北海道や東北というと東京に比べて数年遅れていましたよね。

物心ついたとき、うちは石油コンロを使ってたんですよ。そういったものをボーナスが出たらこうしようとか言って一個一個買い替えていく、人間のササヤカな幸福を一つ一つ追求していく生活をしていたわけですね。それが、こっちへ来たらとんでもない話で価値観が全部崩れていく。あまりにもおかしいと思って悲しくなって、過去に帰りたいという気持がものすごく強かった一時期があったんです。それでそういうエッセイや小説を書いたりして、自分自身を癒していたんですね。

高泉　六十年代、七十年代、小劇場は新劇に対するアンチテーゼから始まって、自分たちにとって何か新しい形の演劇はないものかと、活動してきた訳でしょ。ところが、そのアンチという考え方はなくなり、小劇場は今、既成演劇の中に吸収されそうな気配がある。その発端となったのは、つかこうへいという人でしょうね。自分たちの表現の場を維持しようなんてことには全く固執せず、メジャーになることに意味をもたせる。まずは、演出家、脚本家としての自分を売って、次に役者ひとりひとりを小売りしていく。みんなが売れて、テレビに出るようになったら、劇団解散。それを初めにやったつかさんには、アンチ新劇、アンチアングラっていう意味がまだあったんだけど……。

氷室　例えば平田満さんとか、風間杜夫さんが「テレビに役者が出ていっていいんだ」みたいなことを身をもって表現したときは、演劇の業界、つまり新劇というものに対する敵意がまだあったと思うんです。そこでは、テレビに出るということは堕落だという捉え方をしているのに、結局テレビ部みたいなのがあって劇団の維持費をそこから獲得しているという欺瞞性があって、つかさんは非常に嫌だった。だからそれを彼独特の演劇的な方法で逆転させようとしたんじゃないか。それが彼の読み違いというか、現実がそれを全部呑み込んでいくわけですよ。資本主義のすごいところで、解体させていこうと思ってもそれをまたシステム化されてしまった。だから彼以後の人たちは彼に反発するとか、否定するとか、そんな形でやっていかないとどうしようもなくなった、というところがありますよね。

狭間の世代といわれます

高泉　私は早大の「演劇研究会」というところで演劇を始めたんですけど、大学の中じゃ一番大きかったですね、伝統がある。何せ初代の幹事長が森繁久弥さんですから(笑)。そこにね学生運動をちょっとかじってて、結構年もいっちゃってて、どうしてまだ学校にいるんだろうっていうような人たちが……。

氷室　もう、裏も表もお務めを果たしたような人が。

高泉　そうそう（笑）。私たち相手にいろいろ言ってくるの。早稲田の演劇なんて本当に狭いのに、機材なんかもしっかりあるから、そこがすべてだと思えてしまうようなところがある。そこにカリスマが一人いてその人が言ったことは絶対というのがずっとあって、いやでしたね。私たちが何を追求するかといったら、社会に対してどうとかそういうの、もうないですからね。

氷室　ないない、必然性がないんです、私たちの世代ってね。

高泉　だから、どことは言いませんが、私たちの世代で無理にアジテーションしようとすると、そんなこと「自分の部屋で布団をかぶって言ってくれ」っていうようなことを、わざわざ並んで、後ろからバックライトを当てて言っちゃうのね、「お前が好きだ」って（笑）。

　年に二回、総会っていうのがあるんですね。昔のそういう名残りのある方たちは、意見が違うと「君の言ってることは間違ってる。こうだからこうなんだ、これしかないんだ」、っていうような言い方をしてくる。私なんか聞いていて『どっちもわかるな。こういうときに、どう言ったらいいんだろう』って考えてるのね。そうすると「何でちゃんと意見を言わないんだ。お前のようなはっきりした考えを持ってないものが、何で舞台に立ててるんだ」って、そこまで言われちゃう。私たちが『どう言ったらわかってくれるだろう、いつ言ったらいいだろう』と考えているときに私たちより下の、四十年生まれとかの子たちは「それ、違うんじゃないですかあ」(笑)、「全然違うと思うな、だってさあ」とかって、簡単に言えてしまう。私たちは、その狭間にあって……。

氷室　本当に谷間の世代で、どっちの気持もわかる。それって、どっちの世代からも信用されない玉虫色的な存在になっちゃうんだけど、でもそこで自分のアイデンティティはどこにあるかというと、結局どっちにも距離がとれる、そこにしかないわけですよね。三十年から三十五、六年ぐらいに生まれた者には。

高泉　私たちは、カリスマをおかない集団創作という方法をとる場合が多いんだけど、下の世代になると、その集団創作という捉え方がちょっと違うのね。集団創作っていうのは一人で作るより大変で、いかにとんがったまま最後まで到達させるかというので、ぶつかりながら、もう話したくないぐらいまでいかないといけない。

新しい世代はそうじゃない。徒競走で「一緒にビリになろうね」って約束して、そこで思い切り走っちゃったら怒られるっていうような感じの（笑）考え方をしているところがある。例えば、脚本《ほん》を書くときも、「何日までにもし書けなかったらどうしよう」「だったらみんなで書きましょう」「台詞の量は、みんな同じくらいにしましょうね」とかいう感じ。「ここのところは、誰が責任を持つんだ」というところが欠けているんですね。

氷室　基本的に日本の集団というのは責任主体を曖昧にしてしまう傾向がありますね。うちの甥っ子が幼稚園のときに『桃太郎』をやるというんです。ところが『桃太郎』は所詮じいさんとばあさんと、キジとサルとイヌと、鬼が何匹か出てくるだけで、出演者は十人ぐらいしかいないでしょう。父母からの申し入れなのか幼稚園側の配慮なのか「出演できない子がいるのはかわいそう」ってことになったらしい。それでどうしたかというと、桃太郎、桃二郎、桃三郎というふうに五人の桃太郎を作ったんですね。一人のセリフが五分割されたわけです。一番目の子が「さあ、何とかかんとかだよ」と言うと、次の子が「おばあさん、今日まで育ててくれてありがとう」。三番目の子が「おじいさん、今日まで育ててくれてありがとう」とやり、四番目が出てきて「僕たち、これから」と言い、五人目が出てきて一斉に「鬼退治に行きます」とかって、そういうふうになるらしいんですよ。私は、『ああ、ここまで極まったのか、日本の思いやり文化が。すごいもんだ』と思った（笑）。でも、どっか人生をバカにしてる感じがするんだな、こういう過剰な思いやりは。

それぞれの少女時代

高泉　私は、小っちゃいころからおしゃべりで落ち着きがなくて「早口、直しなさい」って、母から言われてましたけど、幼稚園のときいちばん言葉がしゃべれたので『白雪姫』に選ばれたんです。お母さん方が衣裳を作るので、二週間前に幼稚園に呼んで、やって見せたんですね。そのときにどこかのお母さんが「あら、あの白雪姫、小人さんより小さい」って言ったんです。先生方も「そうね、そうね」ということになって、次の日に替わったんです。背が高くて、髪が長くて、とってもかわいい子が選ばれた。でも、その子はあんまりセリフが覚えられないからというんで……

氷室　まさかプロンプやったんじゃないでしょうね。

高泉　そうなんです。私は小鳥の役で小人と白雪姫の間に入って、「小人さんはこういうふうに言っているのよ」とか、「白雪姫は、こう思ってるって」と、私が白雪姫のセリフを間に入って言うんです。

氷室　そんな複雑なことをやったんですか。

高泉　ええ。それでそのとき私は、子どもながらに『やっぱり人前に出る女の子っていうのは、きれいで髪が長くて、そういう子なんだな』って、つくづく思いましたね。小学校一年生の時には『赤頭巾ちゃん』だったんですけどね、その一番おいしい所「おばあちゃん、どうしてそんなにお耳が大きいの」っていう台詞と、最後に「キャア〜ッ！」と言って逃げるところをクラスから二人ずつ選ばれてオーディションやったんです。そうしたら、その「キャア〜ッ！」がとってもいいっていうんで赤頭巾ちゃんに選ばれたんですよ。去年の屈辱をはらそうと喜んでたんですけど。

氷室　何かクレームがあったんですか。

高泉　オーディションでやったクライマックスのシーンは問題なかったんですけどね、歌をうたいながらお花を摘む前半のシーンは問題があった（笑）。「赤頭巾に見えない、男の子っぽい」って先生方からクレームがついちゃって……。

氷室　そんなに男の子っぽかったんですか。

高泉　お花を摘むとか、跪いてどうとか、どうも私にはそういうのが似あわなかったんですね。

氷室　何か、ありありと思い浮かぶ。小学校や幼稚園のころのオーディションの風景。

高泉　そうしたら先生が次の日に、「赤頭巾ちゃんをもう一人」と。

氷室　つまり前半と後半に分けたわけ。

高泉　そうなんです（笑）。だけど前半のほうがとっても長くって、私が出るのはオーディションの部分だけなんですよ。前半はとってもかわいい女の子で、みんなそっちに目がいってるのがよくわかるの。二度目ですからね。そのとき確信しました。『ああ、やっぱり人前に出る女の子っていうのは、かわいくなきゃいけない。私は教室の中のお笑い人としてしか生きていけない人間なんだな』って。

氷室　笑いとるのも好きだったんですね。

高泉　好きでしたね。それにかけてた（笑）。とにかく話すのが好きでね、落語の

「するってんでえ」とか、ああいう口調がとっても好きで、家でよくやってたんです。父も母も兄とかも、初めは面白がって聞いてくれたんだけど、それを二回、三回とやるとけむたがられる。だから何を考えたかというと、まだあのときはご用聞きが来ていたわけ、クリーニング屋さんとか酒屋さんとか。それで、玄関に座布団を五枚ぐらい重ねてね、母親が出てくるまでの間に「するってえと、向こうの方から、おーい」なんてことやっていたんですよ。学校でもつまんない手品や漫談みたいなことを、みんなの前でやってた。

時の流れが変わった経験

氷室　私も全く性格的に同じで、明るい子でしたよ。ところが小学六年の時にグラッときた。そのときクラスでカンニングが横行していたんですよ。特にカンニングしている子が一人いて、その子は親があんまり厳しくて、成績が悪いと家に入れてもらえないから必死で、先生もわかっているからみんなの前では叱らないんです。そうすると子どもはわりと大ざっぱだから、自分たちもしちゃったりしていてね。私はそれとは全く関係なく、答を書き終わった時に後ろにいた遊び友達に「ねえ、ねえ、これが終わったらボール遊びやろうね」と話しかけたの。先生にとって叱りやすい子ってあるでしょう。この子は傷つかないよな、みたいないわゆる三枚目。私は確実にその役割だったので、先生が「お前、何しているんだ、カンニングしているのか」と言った。そのとき本当にカンニングしていたその女の子とか、他にしていた何人かの子たちが慌ててぴたっとやめたわけです。一言でいったらスケープゴートというか。

高泉 注意するきっかけを待っていたんですね。

氷室 私はそのときから、どうも現実に違和感を持つようになったんですね。学校における先生って、権力者でしょう。その権力者に非常に理不尽なことをやられて友達関係でも傷ついちゃった。でも学校に行ったらみんなが相変わらず「サエコ」とかって来るから、仕方ないからヘラヘラ笑わなきゃいけないわけです。しかし内面的には、どんどん冷めていく。そのギャップを抱えたまんま中学校に行ったんです。中学でもみんなが「あの子は楽しい子」って私に話を振ってきたりしたんだけど、心の中では『わかってないね』と思ってる。それで学校から帰ると疲れて、カバンを置いた瞬間にヘロヘロになっちゃうの。私は演技してる。ほんとの自分がラクに出せる場所に行きたいって、ずーっと思ってました。

高泉　私は小学校五年のときに父をなくしたんですけど、忌引きで初めて一週間学校を休んだんです。学校に行き出し始めの一週間て、とってもみんなが注目している、気を遣ってくれてる、っていうことを感じたんですね。それまで喧嘩してた男の子が消しゴムかしてくれたりしてね、『これは何なのかなあ』って思った。ある日、算数の時間に先生から指されたんです。そのとき私は宿題をやってきてなくて、「母親は外に働きに出て、私は家で家事をやらされている、宿題なんかやる暇はない」、なんていうのがよく映画のパターンなんかであるなって、そのときそんなこと思ったの。「あら、宿題やってないの」「はい、やってきませんでした」一瞬シーンとなった時に、『この場を埋めなきゃあ』と思って、とっさに「すみません、喪中ですから」って言ったら、それがうけちゃって一時期「喪中ですから」が流行っちゃったの（笑）。そういうことがいろいろあったんです。

氷室　思ってもいない方向に行ってしまった。

高泉　ちょうどそれは五年生の三学期で、それから六年生の一年間を、私はいままで以上のテンションで生きなきゃならなかったんですよ。だから、家に帰ると疲れてね。自分でも、無理していたんでしょうね。中学は三つぐらい違う小学校からも来ますから、それを機会に『もうやめよう』と思って、中学一年になった瞬間、黙っちゃって、それから私は髪を伸ばし始めたんですね。そのときから意識したわけじゃないんですけど、どんどん自分が客観的になっていった。

山田のぼる君の誕生

高泉　父は生前、私に何度も言ってました。「君が自由奔放なのはそれはいいと思う。だけど自分の言葉が誰にでも通じると思ったら大変だ。相手によって言葉を選ばなくちゃいけない。それは大人のずるさとかそういうことではなくて。でも、君の場合、それは辛いだろうな」って。父が生きていた時は、彼が私の最大の理解者って思ってましたから、安心感があったんでしょうね。だから自分の言ってることが友達に通じなかったり、わかってもらえなかったりしても、あまり気にならなかった。そういうことだったんだって、随分あとになって、気がつきました。だから父がいなくなってから、他人とうまくコミュニケーションがとれなくなった。

それで小学校六年の時から、それまで父と行ってた映画館にひとりで行くようになって、中学の時は、それに加えてジャズ喫茶に通うようになって……。それが高校に入ってから、黙ってしまった中学時代に嫌気を感じましてね。他人に気を遣わせちゃったなって。だから高校時代は、相手に気を遣いながら楽しくおしゃべりすることをテーマに三年間送ったんです。気を遣ってることがばれないようにしよう、そんなこと気づかれたら相手はこっちに気を遣うんだって、懸命でしたね。放課後、友達と別れてから、ひとりで映画館行ったり、ジャズ喫茶行ったりして、ほっとしてました。

大学入って、芝居をやり始めた時そんな自分がネックになりましたね。どこか閉じてる、スコーンと気持ちがぬけないんです。卒業して集団を作った時、まず自分を出すことから始めようってそう思ったんです。雑誌でメンバーを公募したら、芝居は初めてという人もいましたから。それで、それまでの台本を使ってやってきた方法を変えて、まずは片言でもいいから、何も考えずにその場でしゃべってみる、自分の言葉で表現してみるということをやってみたんです。

氷室　自分で役柄を設定するんですか。

高泉　そう。そうしたら、入って来たばっかりの人の方が、自由にしゃべれちゃうんですね。私は駄目。ますます閉じてしまって……。苦しみました。いろいろ考えて、ふと、人の顔が見えなきゃしゃべれるかなって思って、横にあったコンビニの袋をかぶってみたんです。そうしたら、いつもよりしゃべれるんですね。目と口の所に穴開けてね（笑）。生でアドリブでしゃべっていくと、自分の言葉でしょ。いくら虚構のことを言っても、どこかしら自分のこと話してるような気がして、とってもはずかしくなってくるのね。袋をかぶったことによって自分の言葉なんだけども、違う人が言っているような錯覚が起きて、しゃべれるようになる、ああ、しゃべってる、しゃべってるって思って、袋をとるとだんまりになっちゃう。またかぶるとペラペラしゃべれる。そんな繰り返しがあって……。そこからのヒントで『じゃあ、自分じゃない人間を作ろう』って思ったんです。

氷室　そこで何で小学生の山田のぼる君が出てきたんですか。

高泉　なぜでしょうね。自分の声だと、耳から入ってくるからそれがとても恥ずかしい。そこで、声質を変えて眼鏡をかけて顔を変えてやっているうちに、ウワァッとベラベラベラベラ、一時間半しゃべっていた。それが小学校五年のときの自分だったんですね。

氷室　「私は」といって？

高泉　いえ、少年で。少年になってウワァッとしゃべったときに、一番自由奔放だったときの自分、まだ父親がいたときの自分になっていたんだなというのが、後からわかったんです。虚構の、山田君という別の少年を自分にかぶせたことによって本音を言えた。それからは人とあって話すときも、とっても楽にしゃべれるようになりましたね。

氷室　中学のときはだまりん坊で、高校のときはおとなしい子で、大学のときは演劇をやっていたけどあまり人としゃべれなかったんですね。

高泉　私、女子校だったんですね。兄二人に、いとこもほとんど男だったから、男の子たちの中では普通にいられたんですけど、女の子の中に入ると、とっても緊張してしまって駄目なんですよ。放課後、お茶飲みに行こうって誘われるでしょ、顔は平然と装ってるんだけど、心臓はドキドキしてるし、手は汗ばんでくるしで、もう大変（笑）。

氷室　集団だとですか。

高泉　集団でも一対一でも、駄目。今は大丈夫ですけどね。山田君が出現するまでは女性の役が全くできなくて、語尾が「なのよ」っていうのが言えなかった。「なのよ」だけが独立して聞こえてくるって言われるんですね。「そうかしら」っていうのも「そう・かしら」ってなっちゃう。少年が出現して、自分を表現する方法を見いだして、はじめて女性というものを演じることができるようになったんです。トークショーとかライブで生の自分でも人前でどんどんしゃべれるようになるんだ、という課題を自分に課して、やっとできるようになったのは、ここ二、三年ですね。今は、しゃべりすぎるくらいしゃべってしまって困ってますけど。実はですね、私、女役やる時、女役って言い方変ですよね（笑）。おっぱいつけないとできないんです。だから衣装さんに頼んで、いろんな女性のタイプのおっぱい作ってもらってるんです。小さいのから大きいのから。

氷室　えっ、あの宇野千代さんに似たおばあさん役の時も？

高泉　ええ。一応とってもかわいらしい、おばあちゃんなりの（笑）。そういうのがないと駄目なんですね。とっても変なんですけど。

親兄弟との葛藤

高泉　氷室さんは、いつごろからお書きになっているんですか。学生のころから？

氷室　学生のときにお小遣い目当てでちょっと書いてました。卒業するときオイルショックで、四大を出た女の子の就職先はなかったんですよ。うちの母親は、父もですが、北海道一のお嬢さん大学へ入れたのは北大か札幌医大の学生を大学の間につかまえて、卒業したら一、二年どこかへ勤めて社会勉強をして、嫁入りのときのそこそこのものは自分である程度稼いで、あとは親が出すから結婚しなさい、とそういう青写真を描いていたらしいのです。それが壊れたというのが卒業寸前にバレて、親はもう半狂乱ですよね。作家になりたいなんていっても、「あんなものは成功したら先生、失敗したらルンペンだ」と言って。

高泉　うちとおんなじです。まだ書くほうだからいいですよ。私は芝居ですから。

氷室　就職口が見つからないままに卒業を間近に控えて、一月、二月、三月なんて大学へ行きませんよね。何とか小説で目鼻をつけようと思って、家で夜中に一生懸命シコシコ書いて、朝は十時ごろまで寝ている。そうすると母親がトイレを掃除した雑巾、そのぬれ雑巾を持って部屋に入って来て、バーンと顔に投げつけるんです。「ウワッ、冷たい、あっ臭い」と思わず飛び起きるんです。それで、「大学までやったのに就職もしないっていうんなら失業者と同じなんだから、家中の誰よりも早く起きて便所掃除とか何とか全部やれ」って言われて。女同士の争いで、権力が入ってくると嫁いびりになるんですよ。もう箸の上げ下ろしにまでケチつけるんですね。食欲はあるけど、ご飯も食べられなくなっちゃう。「ごくつぶし」なんて言うんだもん（笑）、食べられませんよね。

高泉　それは辛いですね。

氷室　これじゃたまらんと思って、大学四年のときに本を一冊出していて六十万円ぐらい貯金があったので、銀行に行って二十万円を下ろしてきて、期して待っていた。そうしたら例のごとく雑巾がバンと飛んできた。私はお金を持って、吹き抜けになっている二階の階段の上から「お母さん」と言って、母が振り返った時「ごくつぶしの私だけど、これ食費だよ。とっといて！」とバーンと二十万円をほうり投げたんです。そうしたら、お金がヒラヒラっと飛ぶんですよ。きれいでしたよー、すっとした（笑）。

高泉　すごい親娘ですね。

氷室　そうしたら、うちの母親もすごくって、ウワーンと突然泣き出して「私はお金を投げ捨てる娘を育ててきたのか。どんなに苦労したってこんな情けないことってない」と泣きながら一生懸命にお金を拾って（笑）、そしてクシャクシャになったお金を階段の手摺の所に置いて、「サエコ、お母さんはお前が憎いんじゃない、お前がかわいいからこそ……」と、奥座敷へ入っておいおい泣くんですよ。そこで思ったんですね。これはもう感情論だから修復不可能だ、家を出るしかない。高校時代の友達に呼びかけて、三人集まればどこか一軒家が借りられるだろうと。親には全部内緒で荷造りをしておいて、明日赤帽の軽トラックが来るというとき「お母さん、私、出て行くから。嬉しいでしょう」と言ったら、「お前みたいな親不孝はいなくなったほうが清々する」とか言って。父親も「放っておけばいいんだ、あんな親の苦労がわからん娘なんか」と。まあ、親は親の論理で正しいわけですよね、いまから言えば、ですけど。

それで翌日、引っ越しを全部一人でやったんです。父親も母親も奥座敷に引っ込んで手伝ってくれない。そして「随分お世話になりました。この先、帰ってこないかもしれないけれど、どうも」と言ったら、母親が駆けて来て、三万円くれるんですよ。「これ困ったときに使いなさい、ふしだらだけはするんじゃないよ」とか

（笑）言うわけです。私もそのときはピリピリしていたから「お母さん、世の中わかってないいね、いまのこの資本主義の世の中は、ふしだらするにも金が要るんだっ」と言って家を出たんですよ。あの親にして、この娘ありですよね、最後まで引かない（笑）。

高泉　すごい！（笑）

氷室　大変ですよね。親の結婚攻勢は。

高泉　うちは逆ですね。結婚しないほうがいいって考えていたんですよ。うちの母はとても家庭的で父親に尽くすような女性なのに結婚したくなかったんですって。

氷室　何で嫌だったのかしら。自立したかったのかしら。

高泉　編集者になりたかったらしいですね。でもとっても家が厳しくて、結局公務員になっちゃって、それがとても辛くて。私、二浪しているんですけど、その時兄二人は、猛反対でしたけど、母親は自分の好きなようにしたほうがいいって、言ってくれました。

氷室　じゃあ作家とか編集者だったらオーケーだったけど、役者っていったら……。

高泉　駄目（笑）。ちょうど大学三年のお正月、四年になる年、みんなで元旦の朝、お酒を注いで「明けましておめでとうございます。今年もいい年になりますように」って、おせち料理に手をつけようかなと思った時に、うちの母が「大学はアッという間ね。もう卒業だもんね」っていうようなことを言ったのね。兄たちも「本当、アッという間だよね、どうするの」って、和気藹々の中で話をしていて、「うん、就職はしないつもりだけど」って言ったら、みんな「えっ」っていうような顔して一斉に箸おいて。一番上の兄とは結構話せるんですけど、二番目の兄はとっても実直な人で、女の子はこうあらねば、というようなところがあるんですね。その二番目の兄の目がみるみるうちにうるんできて、「わからない、なぜそんな自ら苦労するような道を選ぶのか、僕にはわからない。これからいろんな可能性があるんだぞ。それを、なぜ食べれない世界にわざわざ行かなきゃならないんだ」って。泣きながら、「どうしてだあ」って私にかかってきそうになったのを、上の兄が入って「まあまあまあ」ってなだめて、そりゃあ大変でした。母が味方してくれるかなと思ったら、「ホント、情けない。信じられない。私が甘やかしすぎた。楽させすぎた。だからこの子は食べられない苦しさとか、そういうこと知らないんだ」って。

氷室　うちの親も同じようなことを言ったなあ。

高泉　そのあと、二番目の兄は、「僕帰る」って泣きながら荷造りを始めたんです。私が「今日は元旦なんだから、別に帰らなくたって」って言ったら「お前にとやかく言われる筋合いはない」って言って帰ってしまったんです。

私はこうして貧乏をしのいだ

氷室　私は家を出てとにかくお金がなかったんで、三カ月か四カ月に一ぺんぐらいリュックを背負って親元に帰って、親にどんなに罵倒されても、黙々と家にあった乾麺とか缶詰とか全部持ち帰ってくるの。その頃はお風呂代ももったいなくて、一週間に二回しかお風呂に入らない。三日と四日になるわけで、三日目はまだよかったけど、四日目になるとさすがにしんどいわけですよ。それでまずお風呂に入る。それから電車賃をかけて行くわけだから、それに見合うだけのもの、三倍ぐらいのものは持って帰らなければといろんなものをリュックに詰める。母親というのがまた懲りない人で、そういう私を見て「情けない、大学まで出た女が、喧嘩をして家を出た親に頭を下げてそんなふうに来て。お前にはプライドっていうものがないの」とか後をついて回って言うの。『プライドのある娘にそこまで言うか』と思ったけど。でも、ここで喧嘩したら絶対泥沼と思うから、もう黙っていろんなものを詰め込んで「どうも」と言って帰って来たの。

高泉 必死ですよね。

氷室 私はそのとき札幌に住んでいたんですけど、外に出るとお金が要りますよね、地下鉄代、バス代。だから私は一年間ぐらい家と生協と銭湯と、あと本屋ぐらいしか歩かなかった。それで、家に帰るとき電車に乗って線路をボウッと見ていると、ゆらゆら揺れてきて、思わず飛び込みたくなっちゃう。周りに人がザワザワいると、思わずそこで立ち止まってウワァッと叫びたくなっちゃう。これは、相当精神的に追い詰められているなという感じ。物書きになれるかどうかもわからないし、親とは喧嘩しているし、貯金は目減りしていくし、働かないし。私そのとき『楽な仕事はないかな、そうだ売春か。どこかで私のこと囲ってくれる人いないかなあ』と思ったこともあるの。

その頃五個百円ぐらいの冷凍食品のクリームコロッケを一日一個ずつ揚げて食べていたんですよ、一日一食で。そうすると、百円で何と五日間保ちますよね。その合間に豚肉百円分ぐらい買ってきて、ショウガ焼きにして食べたりして。

高泉　私は育ちがいいせいか（笑）、なくなるまで気がつかないんですよ。なくなってから初めて気づく。朝起きたら、電車賃もバス代もないの。友達に救いの電話をかけようと思っても十円玉一個もない。授業休んでも何とでもなるけど、稽古休んだら怒られて大変でしょ。しかたない、歩いて学校まで行こうかって、心決めたんです。その時思い出したのね、昨夜《ゆうべ》、ゴミ捨て場にでっかいコーラとファンタのビンがいっぱい並べてあったの。

氷室　それを拾ってお店に持っていった。

高泉　はい。それも何往復も（笑）。まだある、まだあるってね。あれ一本三十円でしたっけ、普通のビンよりも高いんですよね。三十本くらいあったんですよ。結構いいお金になっちゃって、悪いからビール一本買って帰りましたけどね（笑）。あっ、それから、これはすごい傑作なんですけどね、夕飯の買い物に行って、レジでお財布の中に小銭しか入っていないのに気がついたんです。あわててみんな返してね、五十円のコロッケ二個だけ買って、とぼとぼ帰ったんです。もうショックでね、私、食べ物が貧しいくらい、悲しいことないんです。食生活が豊かじゃないと人間駄目になるって思ってますから（笑）。部屋に帰って、お腹がなるべくすかないようにって、横になってテレビ見てたんです。そうしたら、せんだみつおの司会で『フリーバル』とかいう番組やってたのね。くだらない番組だなって思いながらボーッと見てたら、「今日はあなたの町にフリーバル。さあ、今日は高円寺三丁目だ!」って言ってるんですよ。忘れもしません、『レインボー』っていうお惣菜やさんなんですけど、そのお店に五十円持って行って「今夜はフリーバル」って合い言葉を言うと、そこの五千円相当のお弁当がもらえるっていうんです。先着十名。すごい近所で「あの店だー!」って飛び上がって五十円玉しっかり握りしめて、バァーッと走りました。まだ誰も来てなくて、私が一番。お店の人もキョトンとしちゃってて。あまりにも早いからびっくりしたんでしょうね。息ハァハァさせながら、でもハッキリ言いました。「今夜はフリーバル」ってね。

氷室　向こうにちゃんと通じたんですか。

高泉　通じましたよ。二段のお重でした。それを受け取って後を振り向くと、ズラーッと長い列ができてました。もううれしくてうれしくて、部屋に帰ってから、写真撮ったんですよ。お重のアップと、それをもって笑ってる私と二枚。今でもその写真、大事にとってあります(笑)。

氷室　すごいっ。結局、人生ってそんなもんだよね。

高泉　今日はコロッケ二個かってしょぼくれてたのに、突然想像もつかなかったご馳走にありつけちゃって。大きなエビが二つに、鳥のモモが一本に、伊達巻きに数の子……。冷蔵庫に入れて、三、四日かけてじっくり食べました。もう笑いが止まりませんでしたね。こういうことってあるんだなって。人生捨てたもんじゃないなってね（笑）。「今夜はフリーバル」、今でも忘れられません。

（一九九一年十一月三十日・新宿）

解説

町田そのこ

まず最初に書いておきたいことだが、氷室冴子さんというのはわたしにとって特別な存在である。

わたしは思春期の頃、氷室作品を支えとして生きていた。主人公たちはわたしの憧れだった。高潔で、芯が通っていて、まなざしがうつくしくて、そしてとても優しい。苦しいともがき泣くこともあるし、逃げ出すこともある。しかし必ず、自分の足で立ちあがり、前に進む。友の弱さ狡さを叱咤し、共に悩み嘆き、そして決して見放さない。わたしもかくありたいと願って生きていた。

氷室作品の魅力を語りだすと文字数が到底足りないのでそれはいつかの機会にしておいて、今回は、彼女の作品の根底には常に「愛」があるということに触れたい。

どの作品にも、ひとに対する深く熱い愛情がある。醜い感情や愚かな行為を描いても、同時にひととしての哀しみや憐れがあり、どこかで受け入れ、赦している。そのありのままを認める大らかな愛は、未熟で自分の感情の処し方も上手くない思春期の人間にぴったりと寄り添い、決して裏切らなかった。どれだけ自分を疎む感情に翻弄されていても、氷室作品の世界に潜り込めば、心が凪《な》いだ。あの愛が、当時の私を救ったのだと思う。

どんな人がこんな物語を紡げるのだろうか。当時のわたしは文庫巻末のあとがきやエッセイを読んでは、氷室冴子さんを知ろうとした。本作は一九九二年に単行本として刊行されており、わたしは十二歳だったのだが、もちろん読んだ。そして残念なことに、表面的にしか読めなかったのを、苦く覚えている。当時三十五歳だった氷室さんの心のさざ波に共感するにはわたしは幼すぎ、あまりにも世間を知らなかったのだ。いつか理解する日が来るのだろうか、と遠い未来を思い描きながら、本を閉じた。

今回、改めて読む機会を得て、正直なところ戸惑った。まず、わたしが四十を過ぎてしまったこと。執筆当時の氷室さんを追い越しているのだ。そして、本作が約三十年前の作品であるということ。例えば——本当に例えば、氷室さんの言葉に幼さを感じてしまったら。感覚の古さ、時代感覚のズレなど感じてしまったら。それらが重なりあうことで、わたしが長年大切にしてきた氷室冴子像が崩れてしまうのではないか、そんな下らないことを考えて逡巡してしまったのだ。

本当に、愚かだった。わたしの愛した作家を、どうしてそんな風に思えたのか。驕ってしまっていた自分を恥じた。

研ぎ澄まされた感覚を持つ、瑞々しい作家の視線があった。持って生まれた「性」に思い巡らせる、生命力に溢れた女性がいた。いまこのときだからこそ文字にして欲しかった感情が、散りばめられていた。

まず取り上げたいのが、「わかる」という言葉から広がる思考。

「私たちはふだん、友人だから、女同士だから、親子だから、恋人だからという理由で、相手の何かをわかった気になっているけれど、それ自体は、なんの根拠にもならないのだということ」（「一番とおい他人について」）

わたしもよく使ってしまう言葉だ。ばっちり、「共感」というあやふやなものを乱暴にかたちづけて使っていた。ざくっと斬りつけられたような思いで読んだが、氷室さんの思考はそこに留まらず、もっと奥にまで進む。

「「女は」という一般名詞は、未知の他人に対して、当然持つはずの距離感を失わせてしまってはいないか」

この一文には、女である者として、また文章を生業にする者としても、ぞくりとした。「わかる」つもりで「女は」という大きすぎる括りの話を無頓着にしてはいなかったか。そして、その強い言葉の裏に傷つくひとの存在など、想像だにしていなかったのではないか。

この視線は、氷室さん自身の資質であるのはもちろんだが、しかし、年代も大きく関わっているだろう。九〇年代はいまよりももっと、女性が活躍するには息苦しいものがあった。まえがきだけでも、氷室さんの前に立ちはだかった壁の一端が伝わってきて、腹だたしくなる。彼女はわたしが想像するよりもたくさんの、「女は」という括りに傷つき苦しんできたのだろう。その経験が、視線を鋭くしていったのだと思う。

そして氷室さんは、本作で伝えようとした。抗いようのない「女」を突き付けられたときの無力さ、世界から断絶されるほどの絶対的な孤独が、どれだけひとの心を殺すか。

「名も個性も剝ぎとられ、ただ女である一点に向けて暗闇から放射される無記名の悪意を、沈黙の中で甘受している誰かの傷と怒りは、確かにあるのに」（「それは決して『ミザリー』ではない」）

放心してしまった一文だった。この言葉の持つ力は、年数などでは決して薄れない。傷つく誰かがいる限り、血を吹いた心に寄り添い続けるだろう。それはきっといまも、そしてこれからも。

しかし氷室さんは「女」であることをただ憂いているわけではない。九〇年代の日々を「女」として豊かな愛と共に潑剌と過ごしている。

氷室さんの愛は、光のようだ。愛してる、好きだよと臆面もなくさらりと言える。あけすけでまっすぐな思いの伝え方は――気になる男性には可愛らしい駆け引きなどもしただろうけれど――素直で情熱的で温かくて、愛おしさを覚えてしまう。

「ばかばかしくくだらない、でも楽しい、少なくとも楽しくしようとふたりで努力する限られた時間。それが記憶に残って、また何年も私たちを幸福にするためのなにかがあるはずではなかったの、と」（「詠嘆なんか大嫌い」）

このくだりは特に身悶えした。氷室さんは小さな思い出を輝く宝石に変えて、ずっと抱えてくれる。私の中にはあなたという存在が輝いていて、私はそれを眺めて幸福になれるのよ、ときっぱり言えるひとなのだ。それを、恋人ではなく、友人に。作中では、友人たちは氷室さんの思いを感じ取ることはないままだったけれど、しかし氷室さんはその宝石をつくろうとすることを決してあきらめはしなかった。きっと、豊かな宝石箱を抱え続けただろうと思う。

こんなひとだから、作品に愛が溢れるのだ。読み手側にまでしっかと伝わるほどの熱がある。わたしは作品を通して、確かに、氷室冴子さんの愛に触れていたのだ。寄り添ってくれるのも、当然のことだった。

わたしからしてみれば、彼女の愛し方というのは最上だ。けれど氷室さんは言う。「愛し方を覚えなくては。愛され方だけをとぎすませてゆくのではなくて」(「夢の家で暮らすために」)

うつくしさは、手を抜けばくすむ。自信は、無意識に傲慢になる。愛は、バランスを欠けばかたちを成さない。

なんと綺麗な、素敵なひとなのだろう。その魅力にくらくらするしかない。

そんな女性がときどきに自分にかけるおまじないが「あたしもいっぱしの女なん

だから」。なんとも可愛らしい、ユーモアのある優しい言葉だ。わたしも呟いてみて、思わず笑った。もう、いっぱしの女だから。なるほど。これは、いい。こそばゆく、面映ゆく、ほんの少しの余裕をくれる。これからわたしも、躓いたときに自分にささやきかけよう。同じように自分を奮起させてきた女性を思い出しながら、何度も。

最後になるけれど、もっともっと、彼女の紡ぐ物語に触れたかったと思っている。物語でなくてもいい。彼女のまなざしの先や、そこにのった感情に触れたかった。それが叶わないことが、ただただ寂しい。

しかし、氷室さんの作品は残っている。時代も歳月も、一切彼女の愛を、才を損なわない。いまなお輝くものばかりだ。だから、このエッセイを読んで、その人柄に何か受け取るものがあった方はぜひ、他の作品にも触れて欲しい。作品のそここに光る、彼女の欠片を見つけて欲しいと心から願う。

本書は、一九九二年に筑摩書房より単行本として刊行され、一九九五年にちくま文庫に収録された作品『いっぱしの女』を二〇二一年に新版として再刊行したものです。

本文中には、今日の人権意識に照らし合わせると不適切・不適当な差別的表現が含まれている箇所がありますが、著者が既に故人であること、また執筆当時の時代背景および作品の文学的価値を鑑み、そのままとしています。あらゆる差別について助長する意図はありません。

沈黙博物館　小川洋子

「形見じゃ」老婆は言った。死の完結を阻止するために形見が盗まれる。死者が残した断片をめぐるやさしくスリリングな物語。（堀江敏幸）

星間商事株式会社社史編纂室　三浦しをん

二九歳「腐女子」川田幸代、社史編纂室所属。恋の行方も友情の行方も五里霧中。仲間と共に「同人誌」を武器に社の秘められた過去に挑む!?（金田淳子）

つむじ風食堂の夜　吉田篤弘

それは、笑いのこぼれる夜。——食堂は、十字路の角にぽつんとひとつ灯をともしていた。クラフト・エヴィング商會の物語作家による長篇小説。

通天閣　西加奈子

このしょーもない世の中に、救いようのない人生に、ちょっぴり暖かい灯を点す驚きと感動の物語。第24回織田作之助賞大賞受賞作。（津村記久子）

この話、続けてもいいですか。　西加奈子

ミッキーこと西加奈子の目を通すと世界はワクワク、ドキドキ輝く。いろんな人、出来事、体験がてんこ盛りの豪華エッセイ集！（中島たい子）

君は永遠にそいつらより若い　津村記久子

22歳処女。いや「女の童貞」と呼んでほしい——。日常の底に潜むうっすらとした悪意を独特の筆致で描く。第21回太宰治賞受賞作。（松浦理英子）

アレグリアとは仕事はできない　津村記久子

彼女はどうしようもない性悪だった。すぐ休み単純労働をバカにし男性社員に媚を売る。大型コピー機とミノベとの仁義なき戦い！（千野帽子）

まともな家の子供はいない　津村記久子

セキコには居場所がなかった。うちには父親がいる。うざい母親、テキトーな妹。まともな家なんてどこにもない！　中3女子、怒りの物語。（岩宮恵子）

こちらあみ子　今村夏子

あみ子の純粋な行動が周囲の人々を否応なく変えていく。第26回太宰治賞、第24回三島由紀夫賞受賞作。書き下ろし「チズさん」収録。（町田康／穂村弘）

さようなら、オレンジ　岩城けい

オーストラリアに流れ着いた難民サリマ。言葉も不自由な彼女が、新しい生活を切り拓いてゆく。第29回太宰治賞受賞・第150回芥川賞候補作。（小野正嗣）

冠・婚・葬・祭　中島京子
人生の節目に、起こったこと、出会ったひと、考えたこと。冠婚葬祭を切り口に、鮮やかな人生模様が描かれる。第143回直木賞作家の代表作。（瀧井朝世）

とりつくしま　東直子
死んだ人に「とりつくしま係」が言う。モノになってこの世に戻れますよ。妻は夫のカップに弟子は先生の扇子になった。連作短篇集。（大竹昭子）

虹色と幸運　柴崎友香
珠子、かおり、夏美。三〇代になった三人が、人に会い、おしゃべりし、いろいろ思う一年間。移りゆく季節の中で、日常の細部が輝く傑作。（江南亜美子）

星か獣になる季節　最果タヒ
推しの地下アイドルが殺人容疑で逮捕!?　僕は同級生のイケメン森下と真相を探るが――。歪んだピュアネスが傷だらけで疾走する新世代の青春小説！

ピスタチオ　梨木香歩
棚（たな）がアフリカを訪れたのは本当に偶然だったのか。不思議な出来事の連鎖から、水と生命の壮大な物語「ピスタチオ」が生まれる。（管啓次郎）

図書館の神様　瀬尾まいこ
赴任した高校で思いがけず文芸部顧問になってしまった清（きよ）。そこでの出会いが、その後の人生を変えてゆく。鮮やかな青春小説。（山本幸久）

マイマイ新子　髙樹のぶ子
昭和30年山口県国衙。きょうも新子は妹や友達と元気いっぱい。戦争の傷を負った大人、変わりゆく時代、その懐かしく切ない日々を描く。（片渕須直）

話虫干　小路幸也
夏目漱石「こころ」の内容が書き変えられた！　それは話虫の仕業。新人図書館員が話の世界に入り込み、「こころ」をもとの世界に戻そうとするが……。

包帯クラブ　天童荒太
傷ついた少年少女達は、戦わないかたちで自分達の大切なものを守ることにした。生きがたいと感じるすべての人に贈る長篇小説。大幅加筆して文庫化。

うれしい悲鳴をあげてくれ　いしわたり淳治
作詞家、音楽プロデューサーとして活躍する著者の小説&エッセイ集。彼が「言葉」を紡ぐと誰もが楽しめる「物語」が生まれる。（鈴木おさむ）

命売ります　三島由紀夫

自殺に失敗し、「命売ります。お好きな目的にお使い下さい」という突飛な広告を出した男のもとに、現われたのは？　（種村季弘）

三島由紀夫レター教室　三島由紀夫

五人の登場人物が巻き起こす様々な出来事を手紙で綴る。恋の告白・借金の申し込み・見舞状等、一風変ったユニークな文例集。　（群ようこ）

コーヒーと恋愛　獅子文六

恋愛は甘くてほろ苦い。とある男女が巻き起こす恋模様をコミカルに描く昭和の傑作が、現代の「東京」によみがえる。　（曽我部恵一）

七時間半　獅子文六

東京―大阪間が七時間半かかっていた昭和30年代、特急「ちどり」を舞台に乗務員とお客たちのドタバタ劇を描く隠れた名作が遂に甦る。　（千野帽子）

悦ちゃん　獅子文六

ちょっぴりおませな女の子、悦ちゃんがのんびり屋の父親の再婚話をめぐって東京中を奔走するユーモアと愛情に満ちた物語。初期の代表作。　（窪美澄）

笛ふき天女　岩田幸子

旧藩主の息女に生まれ松方財閥に嫁ぎ、四十歳で作家獅子文六と再婚。夫、文六の想い出と天女のような純真さで爽やかに生きた女性の半生を語る。

青空娘　源氏鶏太

主人公の少女、有子が不遇な境遇から幾多の困難にぶつかりながらも健気にそれを乗り越え希望を手にする日本版シンデレラ・ストーリー。　（山内マリコ）

最高殊勲夫人　源氏鶏太

野々宮杏子と三原三郎は家族から勝手な結婚話を迫られるも協力してそれを回避する。しかし徐々に惹かれ合うお互いの本当の気持ちは……。　（千野帽子）

カレーライスの唄　阿川弘之

会社が倒産した！　どうしよう。美味しいカレーライスの店を始めよう。若い男女の恋と失業と起業の奮闘記。昭和娯楽小説の傑作。　（平松洋子）

せどり男爵数奇譚　梶山季之

せどり＝掘り出し物の古書を安く買って高く転売することを業とすること。古書の世界に魅入られた人々を描く傑作ミステリー。　（永江朗）

飛田ホテル　黒岩重吾

刑期を終えたやくざ者に起きた妻の失踪を追う表題作など、大阪のどん底で交わる男女の情と性。直木賞作家の傑作ミステリ短篇集。（難波利三）

あるフィルムの背景　結城昌治　日下三蔵編

普通の人間が起こす歪んだ事件、そこに至る絶望を描き、思いもよらない結末を鮮やかに提示する。昭和ミステリの名手、オリジナル短篇集。

赤い猫　仁木悦子　日下三蔵編

爽やかなユーモアと本格推理、そしてほろ苦さを少々。日本推理作家協会賞受賞の表題作ほか〈日本のクリスティー〉の魅力をたっぷり堪能できる傑作選。

兄のトランク　宮沢清六

兄・宮沢賢治の生と死をそのかたわらでみつめ、兄の死後も烈しい空襲や散佚から遺稿類を守りぬいてきた実弟が綴る、初のエッセイ集。

落穂拾い・犬の生活　小山清

明治の匂いの残る浅草に育ち、純粋無比の作品を遺して短い生涯を終えた小山清。いまなお新しい、清らかな祈りのような作品集。（三上延）

真鍋博のプラネタリウム　真鍋博　星新一

名コンビ真鍋博と星新一。二人の最初の作品『おーいでてこーい』他、星作品に描かれた挿絵と小説冒頭をまとめた幻の作品集。（真鍋真）

熊撃ち　吉村昭

人を襲う熊、熊をじっと狙う熊撃ち。大自然のなかで、実際に起きた七つの事件を題材に、孤独で忍耐強い熊撃ちの生きざまを描く。

川三部作
泥の河／螢川／道頓堀川　宮本輝

太宰賞「泥の河」、芥川賞「螢川」、そして「道頓堀川」と、川を背景に独自の抒情をこめて創出した、宮本文学の原点をなす三部作。

私小説 from left to right　水村美苗

12歳で渡米し滞在20年目を迎えた「美苗」。アメリカにも溶け込めず、今の日本にも違和感を覚え……。本邦初の横書きバイリンガル小説。

ラピスラズリ　山尾悠子

言葉の海が紡ぎだす、〈冬眠者〉と人形と、春の目覚めの物語。不世出の幻想小説家が20年の沈黙を破り発表した連作長篇。補筆改訂版。（千野帽子）

遠い朝の本たち　須賀敦子

一人の少女が成長する過程で出会い、愛しんだ文学作品の数々を、記憶に深く残る人びとの想い出とともに描くエッセイ。（末盛千枝子）

おいしいおはなし　高峰秀子編

向田邦子、幸田文、山田風太郎……著名人23人の美味な思い出。文学や芸術にも造詣が深かった往年の大女優・高峰秀子が厳選した珠玉のアンソロジー。

るきさん　高野文子

のんびりしていてマイペース、だけどどっかヘンテコな、るきさんの日常生活って？ 独特な色使いが光るオールカラー。ポケットに一冊どうぞ。

それなりに生きている　群ようこ

日当たりの良い場所を目指して仲間を蹴落とすカメ、迷子札をつけているネコ、自己管理している犬。文庫化に際し、二篇を追加して贈る動物エッセイ。

うつくしく、やさしく、おろかなり　杉浦日向子

生きることを楽しもうとしていた江戸人たち。彼らの紡ぎ出した文化にとことん惚れ込んだ著者がその思いの丈を綴った最後のラブレター。（松田哲夫）

ねにもつタイプ　岸本佐知子

何となく気になることにこだわる、ねにもつ。思索、奇想、妄想はばたく脳内ワールドをリズミカルな名短文でつづる。第23回講談社エッセイ賞受賞。

回転ドアは、順番に　穂村弘　東直子

ある春の日に出会い、そして別れるまで。気鋭の歌人ふたりが、見つめ合い呼吸をはかりつつ投げ合う、スリリングな恋愛問答歌。（金原瑞人）

絶叫委員会　穂村弘

町には、偶然生まれては消えてゆく無数の詩が溢れている。不合理でナンセンスで真剣だからこそ可笑しい、天使的な言葉たちへの考察。（南伸坊）

杏のふむふむ　杏

連続テレビ小説「ごちそうさん」で国民的な女優となった杏が、それまでの人生を、人との出会いをテーマに描いたエッセイ集。（村上春樹）

月刊佐藤純子　佐藤ジュンコ

注目のイラストレーター（元書店員）のマンガエッセイが大増量してまさかの文庫化！ 仙台の街や友人との日常を描く独特のゆるふわ感はクセになる！

品切れの際はご容赦ください

吉行淳之介ベスト・エッセイ　吉行淳之介　荻原魚雷 編
創作の秘密から、ダンディズムの条件まで。「文学」「男と女」「紳士」「人物」のテーマごとに厳選した、吉行淳之介の入門書にして決定版。（大竹聡）

田中小実昌ベスト・エッセイ　田中小実昌　大庭萱朗 編
東大哲学科を中退し、バーテン、香具師などを転々とし、飄々とした作風とミステリー翻訳で知られるコミさんの厳選されたエッセイ集。（片岡義男）

山口瞳ベスト・エッセイ　小玉武 編
サラリーマン処世術から飲食、幸福と死まで。――幅広い話題の中に普遍的な人間観察眼が光る山口瞳の豊饒なエッセイ世界を一冊に凝縮した決定版。

色川武大・阿佐田哲也ベスト・エッセイ　色川武大／阿佐田哲也　大庭萱朗 編
二つの名前を持つ作家のベスト。文学論、落語からタモリまでの芸能論、ジャズ、作家たちとの交流も。もちろん阿佐田哲也名の博打論も収録。（木村紅美）

開高健ベスト・エッセイ　開高健　小玉武 編
文学から食、ヴェトナム戦争まで――おそるべき博覧強記と行動力。「生きて、書いて、ぶつかった」開高健の広大な世界を凝縮したエッセイを精選。

中島らもエッセイ・コレクション　中島らも　小堀純 編
小説家、戯曲家、ミュージシャンなど幅広い活躍で没後なお人気の中島らもの魅力を凝縮！　酒と文学とエンターテインメント。（いとうせいこう）

文房具56話　串田孫一
使う者の心をときめかせる文房具。どうすればこの小さな道具が創造力の源泉になりうるのか。文房具の想い出や新たな発見、工夫や悦びを語る。

ぼくは散歩と雑学がすき　植草甚一
1970年、遠かったアメリカ。その風俗、映画、本、音楽から政治までをフレッシュな感性と膨大な知識、貪欲な好奇心で描き出す代表エッセイ集。

快楽としてのミステリー　丸谷才一
ホームズ、007、マーロウ――探偵小説を愛読して半世紀、その楽しみを文芸批評とゴシップを駆使して自在に語る、文庫オリジナル。（三浦雅士）

超発明　真鍋博
昭和を代表する天才イラストレーターが、唯一無二のSF的想像力と未来的発想で〝夢のような発明品〟129例を描き出す幻の作品集。（川田十夢）

ねぼけ人生〈新装版〉　水木しげる

戦争で片腕を喪失、紙芝居・貸本漫画の時代と、波瀾万丈の人生を、楽天的に生きぬいてきた水木しげるの、面白くも哀しい半生記。（呉智英）

「下り坂」繁盛記　嵐山光三郎

人の一生は、「下り坂」をどう楽しむかにかかっている。真の喜びや快感は「下り坂」にあるのだ。あちこちにガタがきても、愉快な毎日が待っている。

向田邦子との二十年　久世光彦

あの人は、あり過ぎるくらいあった始末におえない胸の中のものを誰にだって、一言も口にしない人だった。時を共有した二人の世界。（新井信）

旅に出る　ゴトゴト揺られて本と酒　椎名誠

旅の読書は、漂流モノと無人島モノと一点こだわりガンコ本！　本と旅とそれから派生していく自由な思いのつまったエッセイ集。（竹田聡一郎）

昭和三十年代の匂い　岡崎武志

テレビ購入、不二家、空地に土管、トロリーバス、くみとり便所、少年時代の昭和三十年代の記憶をたどる。巻末に岡田斗司夫氏との対談を収録。

本と怠け者　荻原魚雷

日々の暮らしと古本を語り、古書に独特の輝きを与えた「ちくま」好評連載「魚雷の眼」を、一冊にまとめた文庫オリジナルエッセイ集。（岡崎武志）

増補版　誤植読本　高橋輝次編著

本と誤植は切っても切れない!?　恥ずかしい打ち明け話や、校正をめぐるあれこれなど、作家たちが本音を語り出す。作品42篇収録。（堀江敏幸）

わたしの小さな古本屋　田中美穂

会社を辞めた日、古本屋になることを決めた。倉敷の空気、古書がつなぐ人の縁、店の生きものたち……。女性店主が綴る蟲文庫の日々。（早川義夫）

ぼくは本屋のおやじさん　早川義夫

22年間の書店としての苦労と、お客さんとの交流。どこにもありそうで、ない書店。30年来のロングセラー！（大槻ケンヂ）

たましいの場所　早川義夫

「恋をしていいのだ。今を歌っていくのだ」。心を揺るがす本質的な言葉。文庫用に最終章を追加。帯文＝宮藤官九郎　オマージュエッセイ＝七尾旅人

これで古典がよくわかる　橋本治

古典文学に親しめず、興味を持てない人たちは少なくない。どうすれば古典が「わかる」ようになるかを具体例を挙げ、教授する最良の入門書。

恋する伊勢物語　俵万智

恋愛のパターンは今も昔も変わらない。恋がいっぱいの歌物語の世界に案内する、ロマンチックでユーモラスな古典エッセイ。（武藤康史）

倚りかからず　茨木のり子

もはや／いかなる権威にも倚りかかりたくはない……話題の単行本に3篇の詩を加え、高瀬省三氏の絵を添えて贈る決定版詩集。（山根基世）

茨木のり子集　言の葉（全3冊）　茨木のり子

しなやかに凜と生きた詩人の歩みの跡を、詩とエッセイで編んだ自選作品集。単行本未収録の作品なども収め、魅力の全貌をコンパクトに纏める。

詩ってなんだろう　谷川俊太郎

谷川さんはどう考えているのだろう。その道筋にそって詩を集め、選び、配列し、詩とは何かを考えるおおもとを示しました。（華恵）

笑う子規　正岡子規＋天野祐吉＋南伸坊

「弘法は何と書きしぞ筆始」「猫老て鼠もとらず置火燵」。天野さんのユニークなコメント、南さんの豪快な絵を添えて贈る愉快な子規句集。（関川夏央）

尾崎放哉全句集　村上護編

「咳をしても一人」などの感銘深い句で名高い自由律の俳人・放哉。放浪の旅の果て、小豆島で破滅型の人生を終えるまでの全句業。（村上護）

山頭火句集　種田山頭火　村上護編　小崎侃・画

自選句集「草木塔」を中心に、その境涯を象徴する随筆も精選収録し、〝行乞流転〟の俳人の全容を伝える一巻選集！（村上護）

絶滅寸前季語辞典　夏井いつき

「従兄煮」「蚊帳」「夜這星」「竈猫」……季節感が失われ、風習が廃れて消えていく季語たちに、新しい命を吹き込む読み物辞典。（茨木和生）

絶滅危急季語辞典　夏井いつき

「ぎぎ・ぐぐ」「われから」「子持花椰菜」「大根祝う」……消えゆく季語に新たな命を吹き込む読み物辞典。超絶季語続出の第二弾。（古谷徹）

明治国家のこと　司馬遼太郎　関川夏央編

司馬さんにとって「明治国家」とは何だったのか。西郷と大久保の対立から日露戦争まで、明治の日本人への愛情と鋭い批評眼が交差する18篇を収録。

方丈記私記　堀田善衞

中世の酷薄な世相を覚めた眼で見続けた鴨長明。その人間像を自己の戦争体験に照らして語りつつ現代日本文化の深層をつく。巻末対談＝五木寛之

東條英機と天皇の時代　保阪正康

日本の現代史上、避けて通ることのできない存在である東條英機。軍人から戦争指導者へ、そして極東裁判に至る生涯を通して、昭和期日本の実像に迫る。

戦中派虫けら日記　山田風太郎

〈嘘はつくまい。嘘の日記は無意味である〉。戦時下、明日の希望もなく、心身ともに飢餓状態にあった若き風太郎の心の叫び。（久世光彦）

責任 ラバウルの将軍今村均　角田房子

ラバウルの軍司令官・今村均。軍部内の複雑な関係、戦地、そして戦犯としての服役。戦争の時代を生きた人間の苦悩を描き出す。（保阪正康）

広島第二県女二年西組　関千枝子

8月6日、級友たちは勤労動員先で被爆した。突然に逝った39名それぞれの足跡をたどり、彼女らの生を鮮やかに切り取った鎮魂の書。（山中恒）

劇画 近藤勇　水木しげる

明治期を目前に武州多摩の小倅から身を起こし、ついに新選組隊長となった近藤。だがもしかしたら多摩で芋作りをしていた方が幸せだったのでは？

水木しげるのラバウル戦記　水木しげる

太平洋戦争の激戦地ラバウル。その戦闘に一兵卒として送り込まれ、九死に一生をえた作者が、体験が鮮明な時期に描いた絵物語風の戦記。

昭和史探索（全6巻）　半藤一利編著

名著『昭和史』の著者が第一級の史料を厳選、抜粋。時々の情勢や空気を一年ごとに分析し、書き下ろしの解説を付す。《昭和》を深く探る待望のシリーズ。

夕陽妄語 1（全3巻）　加藤周一

高い見識に裏打ちされた時評は時代を越えて普遍性を持つ。政治から文化まで、二〇世紀後半からの四半世紀を、加藤周一はどう見たか。（成田龍一）

ちくま文庫

新版《しんぱん》いっぱしの女《おんな》

二〇二一年七月十日　第一刷発行
二〇二一年八月三十日　第三刷発行

著　者　氷室冴子（ひむろ・さえこ）
発行者　喜入冬子
発行所　株式会社　筑摩書房
東京都台東区蔵前二―五―三　〒一一一―八七五五
電話番号　〇三―五六八七―二六〇一（代表）
装幀者　安野光雅
印刷所　三松堂印刷株式会社
製本所　三松堂印刷株式会社

ISBN978-4-480-43755-6　C0195